스펙타클 직장 생존기

대리만족

☆ ☆ ☆ ☆ ☆

스펙타클 직장 생존기

대리
만족

조성현 지음

어제일찍갈걸오늘은 가자마자잔다배고파 치킨먹고싶다누구티타임할사람없나 아이스라떼 먹어야지

글라이더

이 도시엔 오싹한 소문이 있어

매주 일요일 밤이 되면...

아우~

좀비들이 일어나는데...

무슨 한이 있는지 잠들지 못하고
떠돌아 다닌대...

잠들면 출근이야...

최후의 만찬인가...

마지막
여유...

직장 탈출을 꿈꾸는 당신에게

 이 책을 편 당신은 분명 둘 중에 하나다. 직장인이거나, 직장인이 아니거나. 어느 쪽이어도 상관없다. 이 책은 직장인의 입장으로 쓰였으나 인간만상이 모두 담겨있고, 직장생활이 그려졌으나 그야말로 인간 세상의 이치가 스며들어있기 때문이다. 중요한 것은 당신이 이 책을 펴든 바로 그 순간, 행운의 주인공이 되었다는 사실이다. 30초 안에 다섯 명에게 이 책을 추천하면 바라던 소원이 성취될 것이고, 만수무강할 것이고, 백년해로할 것이다.

 시작부터 헛소리라니, 당황했는가. 미리 밝혀두건대 이 책은 그런 책이다. 온갖 허풍과 거짓이 난무하여, 어디까지가 사실이고 거짓인지 가늠이 되지 않을 것이다. 뻔뻔함에 또 당황했는가. 이렇게라도 하지 않으면 당신이 책을 바로 덮어버릴 것 같아 두려워 그랬다. 무명작가의 책이 마치 바람처럼 왔다가 이슬처럼 사라지는 일은 그리 드문 것이 아니다. 이 책 역시 어느 시골 분교의 학급 도서실 구석에서 뽀얀 먼지를 덮고 있을 생각을 하니 참을 수가 없었다. 이 점은 매우 미안하게 생각한다.

하지만 시작부터 무례를 범한 이유는 이 책이 독자들에게 널리 읽혔으면 했기 때문이다. 명절에 아들, 손자, 며느리 다 모여서 읽는, 혹은 초중고 필독서로 입소문을 타는 바람에 대치동 논술 강사들이 앞 다퉈 학생들에게 권하는, 혹은 어느 오지 여행 중 게스트하우스에서 만난 외국인이 읽고 있는 모습이 목격되는, 그런 책이었으면 했다. 그러면 베스트셀러에 당당히 이름을 올릴 것이고, 스타작가의 반열에 오른다면 막대한 인세를 벌어들일 것이고, 그렇다면 사표를 낼 수 있을 것이다……라는 것은 농담이고, 바로 사람들이 가지고 있는 '직장생활에 대한 오해'를 풀어주고 싶었기 때문이었다.

내가 처음 직장생활을 시작했을 때, 한 선배가 말했다. "일에서 자아실현을 하려 하지 마." 무슨 말인가 했더니, 일은 그저 생계를 위한 수단일 뿐이니 열과 성을 다하지 말라는 이야기였다. 일 열심히 한다고 월급 더 주는 것도 아니고, 애쓴다고 알아주는 사람 아무도 없다며 열변을 토했다. 경험 많은 선배의 말이니, 그런 줄로만 알았다. 그래서 일과 나 사이에 선을 긋기 시작했다. 일은 어디까지나 생계를 위한 것, 그 이상도 이하도 아니었다.

그리고 내 일상은 행복해졌을까. 선배의 말은 반은 맞고 반은 틀렸다. 일상은 평안해졌지만, 정확히 그만큼 일터는 불행해졌다. 일상과 일터 사이에 선을 긋는 순간, 일상은 내가 지켜야 할 것, 그리고 일터는 내가 피해야할 것이라고 구분되고 말았다. 어떤 일에도 자발적인 의욕이 담길 수 없었고, 한시라도 빨리 퇴근하고 싶을 뿐이었다. 일터는 어느새 감옥이 되었다.

일터를 포기한 대신 일상을 철저히 지킬 수 있다면 그것 나름대로 의미가 있겠지만, 일터의 시간은 포기하기에 너무 길다. 일터에서의 시간 역시 내 삶이 아니던가. 게다가 생활이란 그렇게 딱 잘라 구분할 수 있는 것이 아니다. 일터의 분위기는 일상으로 이어지고, 일상의 컨디션 역시 일터로 옮겨간다. 어느 한 곳에서만 행복할 수는 없다. 이런 생각이 들자, 고민하기 시작했다. '행복한 직장생활은 어떻게 할 수 있을까?'

이 책은 이 고민에 대한 것이다. 하지만 어느 곳에도 명쾌한 답은 없다. 여느 자기계발 서적처럼 '행복한 직장생활을 하려면 이렇게 해라!'라는 지침은 기대하지 말길 바란다. 하지만 이 책을 다 읽어갈 때쯤이면 이런 생각을 했으면 좋겠다. "직장생활도 소중하구나, 그리고 재밌을 수 있겠구나." 그 에너지가 전해졌다면 이미 답은 얻은 것이리라 믿는다. 대한민국 직장인, 파이팅!

2019년 7월

조성현

Thanks To

짧다면 짧은 직장생활을 하면서 생각과 감정을 글로 배출해왔는데, 이것들이 모여 책이 되다니 감개무량할 따름입니다. 글의 시기적 배경이 모두 다른데, 책의 구성을 고려해 글을 배치하다 보니 시간 순서가 맞지 않기도 합니다. 그래서 연애하던 사람이 갑자기 솔로가 되고, 솔로이던 사람이 갑자기 결혼을 합니다. 너무 당황하지 마시고 그러려니 하고 읽어 주세요. 읽어주시는 것도 감사한 마당에 무례하게 숙제를 드리는 것 같아 면목이 없습니다. 바라는 김에 한 가지 더 바란다면, 다른 것은 필요 없고 재밌게만 읽으셨으면 좋겠습니다.

늘 응원해주시는 부모님과 동생, 오랜 시간 원고를 기다려주신 글라이더 대표님께 감사합니다. 즐거운 직장생활을 선물해 주신 직장 동료분들, 그리고 책 제목을 선물해 준 아내에게 이 책을 바칩니다.

차례

1
대리여, 고개를 들라

올해로 6년 차 직장인, 직급은 대리다. 사원으로 입사해 시간이 흐르니 당연하게도 대리가 됐다. 회사마다 다르겠지만, 보통 대리가 되는 데에는 까다로운 잣대를 들이대지 않는다. 이제 대학생 물이 빠졌으니 이 직급을 수여 하(고 본격적으로 일을 시켜보)겠다, 라는 느낌이다.

대리를 달면 그때부터는 아무도 신입사원으로 보지 않는다. 이제는 회사 시스템도 알고 인적 네트워크도 꽤 구축되었으니, 비로소 일할 준비가 되어있다고 회사는 멋대로 믿어 버린다. 하지만 정작 본인은 어리둥절할 뿐이다. 드는 생각이라고는 '아니, 내가 뭘 했다고 벌써 대리가 되었나'라는 탄식뿐이다. 아, 세월이여.

그래도 대리가 되었으니, 기왕이면 훌륭한 대리가 되는 게 좋겠다. 방법은 간단하다. 당연하게도 일을 잘하면 된다. 그렇다면 대리의 일이란 어떤 것일까. 먼저 대리라는 이름을 살펴보자. 대신할 대(代)에 다스릴 리(理). 상사를 대신하는 직급이 바로 대리다. 그러니까 상사의 일을 상사의 마음에 쏙 들도록 하면 된다. 음……. 불가능한 일이다. 미안하지만 아무래도 훌륭한 대리가 되는 길은 막힌 것 같다.

잠깐, 아직 실망하기는 이르다. 아직 소개하지 못한 이가 있다. 그의 스킬을 배우면 훌륭한 대리는 물론이거니와, 보고계의 '어벤져스'로 거듭날 수 있다. 그로 말할 것 같으면 '캡틴 아메리카'라고 불리는 대리 K로, 어떤 까다로운 질문이라 할지라도 그의 강철 방패로 모두 튕겨낸다고 알려져 있다. 그리고 입을 여는 순간 임원이 고개를 끄덕거리기 시작하며, 회의를 마칠 때 즈음에는 기립박수를 친다고 한다. 심지어 그중에는 훌쩍거리며 손수건으로 눈물을 훔치는 사람도 있다고 한다.(믿거나 말거나)

신입사원 시절, 운 좋게 그의 회의에 배석한 적이 있었다. 상대는 하필이면 인정사정없는 질문 공격으로 악명 높았던 임원 P였으니, 그것은 창과 방패의 대결이었다. 그날, 임원의 미간에 잡힌 주름을 보니 심기가 불편한 모양이었다. 보고하기에는 최악의 타이밍. 하지만 대리 K의 얼굴은 평온해만 보였다. 아니나 다를까.

15

보고를 시작하기 무섭게 임원은 날카로운 질문을 연신 쏟아냈는데, 하나같이 답변하기 까다로운 질문이었다. 아무리 대리 K라고 할지라도 이 정도 공세는 막기 어려워 보였다. 모두가 고개를 떨어뜨리고 눈을 피하고 있을 때, 대리는 입을 열었다.

"잘 모르겠습니다."

아무도 예상하지 못했던 그의 답변에 그 회의실에 있던 모든 사람과 날아다니던 파리와 책상 위에 있던 난초까지 순간 얼어붙었다. 그리고 임원 P의 미간이 움찔거리기 시작했다. 대리 K의 방패에 빈틈이 보인 순간, 임원 P의 창은 그를 사정없이 찌르기 시작했다. 그런 것도 조사하지 않고 보고를 들어왔느냐, 모르는 게 자랑이냐, 지금 경쟁사는 어떻게 하는 줄 아느냐, 쉴 새 없이 몰아쳤다. 대리 K는 보고를 계속하면서 만회를 몇 번 시도했지만, 번번이 실패했다. 그렇게 보고는 처참하게 끝이 났다.

대리 K가 책상에 고개를 푹 숙이고 있는 뒷모습이 처량해 보였다. 보고를 위해 얼마나 많은 시간과 노력을 쏟았을까. 그동안 쌓아왔던 명성과 평판이 한순간에 무너지는 것을 어떻게 견디고 있을까, 그런 생각이 들어 입을 앙다물고 그에게 다가가 인사를 건넸다. "대리님, 수고하셨습니다." 대리 K는 고개를 들지 못했다.

이런, 얼마나 상심이 크면……. 나로서는 감히 상상할 수 없었다.

"대리님, 괜찮으세요?" 대리 K는 슬쩍 내 쪽을 보며 말했다.

"잠깐만, 이것만 보고. 흐흐흐."

그는 스마트폰으로 웹툰을 보며 킬킬 웃고 있었다. 방금 있었던 보고는 이미 다 잊은 모양이었다. 아니, 애초에 보고를 하지 않은 사람인 것 같았다. 나중에 알게 된 이야기인데, 그는 캡틴 아메리카가 아니라 '헐크'였다. 그러니까 맷집이 세다 이 말이다. 아무리 얻어맞아도 그냥 웃어넘기는 게 그의 강점이었다. 마냥 웃기만 했으면 어지간히도 밉상이었겠지만 강력한 체력으로 궂은일까지 도맡아 했으니 그는 동료들과도 잘 어울렸다.

스마트한 대리로 성공하는 방법을 기대했다면 미안하다. 하지만 옛말에 모로 가도 서울만 가면 된다고 했다. 꼭 캡틴 아메리카형 대리가 아니어도 훌륭한 대리가 될 수 있다. 나는 스마트한 대리는 이미 그른 듯하니, 헐크형 대리를 노리기로 했다. '개떡'같이 말해도 '찰떡'같이 만들어야 하는 보고서를 '개똥'같이 만드는 이 세상 모든 대리여. 지금 우리에게 필요한 건 맷집이다. 명심하자.

2
회식귀신 괴담

밤 아홉 시, 무르익었던 회식 분위기는 거의 잦아들었다. 하나, 둘 전사자가 생겨났다. 사라진 선배1은 테이블 밑에서 발견되었고, 선배 2는 화장실 대변기 앞에서 발견되었다. 그리고 사라진 선배 3을 찾겠다며 선배 4가 비틀거리며 길을 나섰고, 실종자는 두 명이 되었다. 이십 분 후에 선배 5는 "아니, 다들 어디 가서 안 오는 거야~"라며 역시 밖으로 나갔고, 이제 실종자는 세 명이 되었다. 어쩐지 폭설을 피해 귀곡 산장에 들어간 산악팀 멤버가 한 명씩 사라지는 공포 괴담 같지만, 걱정하지 않아도 된다. 우리는 내일 사무실에서 다시 만나게 될 것이다. 이 법칙은 한 번도 틀렸던 적이 없다.

그보다 오싹한 것은 '회식 귀신' 괴담이다. 그 귀신은 업무시간

에는 보이지 않고, 오직 회식 자리에서만 목격된다. 사람들이 시
끄럽게 떠들며 즐기는 사이, 귀신은 구석에서 자리를 잡고 조용히
소주병을 비워간다. 어수선했던 회식 분위기가 차분히 가라앉을
때, 회식 귀신은 비로소 이빨을 드러낸다. 이때가 가장 위험하다.
귀신에게 한 번 잡히면 '나 때는~'으로 시작되는 인생 스토리를
들어야 할지 모르며, 특히 서러움, 고마움, 미안함, 못마땅함 따위
의 감정 배출을 견뎌내야만 한다. 끝나는 시간은 알려진 바 없다.

다시 회식 이야기로 돌아오자.

한참 동안 사라진 선배들을 찾아다니다가 자리로 다시 돌아온
순간, 등골이 오싹해졌다. 누군가가 뒤에서 나를 쳐다보고 있는
것 같았다. 천천히, 아주 천천히 고개를 돌려 왼쪽을 보았다. 너
무 놀란 나머지 소리를 지르지도 못하고 얼었다. 회식 귀신(이라
고 불리는 술에 취한 A 선배)의 그윽한 눈빛이 내 뒤통수를 간질
이고 있는 것이 아닌가! 할 말이 많아 보이는 표정을 애써 외면
했지만, 그의 손 천천히 내 어깨로 올라왔다. 그리고 이야기는 시
작되었다.

회식 귀신 A 선배의 이야기는 장장 한 시간 반 동안 이어졌지
만, 그 내용을 한 문장으로 요약하자면 이렇다. '지켜주지 못해 미
안해.' 팀 막내로써 하는 고생도 다 알고, 괴팍한 선배 때문에 힘
든 것도 다 알고 있다고 했다. 그 순간, '아, 이 선배가 이렇게 따

뜻한 사람이었던가?'하는 생각에 기억을 더듬어 봤지만, 특별히 기억나는 것은 없었다.

묘한 기분이 들었다. '마음만이라도 내 편이었구나'하는 생각이 들어 고마움도 들었지만, 한편으로는 '마음만 내 편이면 뭐하나'하는 생각이 들어 허무했다. '아무것도 하지 않아 미안하다는 건, 단지 마음에 품던 죄책감을 덜기 위함일 뿐이 아닌가?' 하는 씁쓸한 생각마저 들었다.

우리는 일상에서 쉽게 연민을 갖지만, 나아가 행동하는 것은 쉬운 일이 아니다. 웬만큼 정의롭지 않은 이상, 연민에서 그친다. 일단은 내 일이 아니기 때문이다. 비정규직 노동자의 시위는 안타깝지만 내 일이 아니고, 기초생활 수급자의 가난함 역시 안타깝지만 내 일이 아니다. A 선배가 가졌던 나에 대한 연민 역시 그의 일이 아니었으니 묵인되었음을 잘 안다. 그는 '후배를 연민하는 자신은 가해자가 아니다'라고 여기며, 선배의 책임에서 간단히 벗어난 것이다.

하지만 A 선배의 가벼운 연민은 결코 그만의 이야기가 아니다. 그것은 나의 이야기이고, 어쩌면 당신의 이야기다. 과연 나에게는 연민으로써 무뎌진 타인의 고통이 없는가. 안타까워하면서도 편리하게 연민하고, 침묵했던 적은 없는가.

나중에 알게 된 사실인데, A 선배의 연민은 취하면 나오는 레퍼토리였다. 그에게 '그동안 미안했다'라는 이야기를 들어보지 않은 사람은 아무도 없었다. 그는 평소 조용히 할 일만 하는 사람이지만, 모두에게 연민을 몰래 가졌던 것이다. 내성적인 탓에 연민을 묵인하며 홀로 고통 받다가, '회식 귀신'을 소환해 내는 것이리라.

　부디 이제는 회식 귀신을 마주치지 않았으면 한다. 회식은 현실과 신념 사이의 괴리를 일방적으로 해소하는 곳이 아니라, 그냥 웃고 떠드는 자리였으면 좋겠다. 그러니까 구천을 떠돌고 있는 회식 귀신에게 말하고 싶다. 더 이상 타인을 연민하지 마시길. 그리고 A 선배를 놓아주시길!

3
미션 임파서블

　'직장'이라는 단어에는 두 가지 의미가 있다. 잘 알다시피 '일하는 곳'이라는 의미가 한 종류다. 그리고 다른 한 가지는 '인체의 장기'다. 그러니까 직장생활이라고 함은 일터에서의 삶을 말하기도 하고, 한편 배변 활동을 의미하기도 한다. 묘하게 이 두 종류의 직장생활에는 그 이름 외에도 공통점이 있다. 이 글에서는 그에 대한 이야기를 하고자 한다. 직장(職場)생활과 직장(直腸)생활을 모두 하는 더블 직장인으로서 말이다.

　1. 직장(直腸)생활(배변활동)에 대하여
　어느 날, 창문으로 유난히 밝은 아침햇살이 얼굴에 쏟아져 눈을 떴다. 그리고 그와 동시에 직감했다. '늦잠 잤구나!' 출근 시간까지 남은 시간은 삼십 분. 신입사원이었던 나에게 지각은 있을 수 없는 일이었다. 단 오 분 만에 머리를 감고, 옷을 입고, 뛰어나 갔다. 전속력으로 달려 다행히 제시간에 지하철을 탔고, 나는 안심했다.

하지만 평화는 그리 오래가지 못했다. 사람들에게 배꼽시계가 있다면 나에게는 똥배시계가 있는데, 그것은 기상 후 삼십 분 안에 무조건 화장실에 가야만 한다는 법칙이었다. 평생 단 하루의 오차도 허용하지 않았던 똥배시계는 야속하게도 예외는 없다는 듯이 째깍대고 있었다.

똥배시계의 낌새를 느낀 때는 이미 십오 분이 흘러간 상황. 폭탄이 터지기까지 남은 시간 역시 십오 분이었고, 절묘하게도 회사 도착까지 십오 분이 남았다. 폭탄의 뇌관을 해체하지 못하면 폭탄은 터질 것이다. 마치 〈미션 임파서블〉 시리즈의 '톰 크루즈'가 된 심정으로 참사를 막기 위해 진땀을 흘렸다. 잠시 신발 끈을 묶는 척하며 쪼그려 앉아 발뒤꿈치로 둔부를 압박했으나 오히려 자극이 되어 그만두었고, 호흡을 가다듬고 휴대폰으로 뉴스를 읽으면서 정신을 분산시켜보려 했지만 눈앞이 흐려져 집어치웠다.

폭발이 임박해왔지만, 아직 한 정거장이 남았다. 문이 열렸다. 여기서 내리면 지각은 피할 수 없고, 그렇다고 다음 역까지 가다간 폭탄이 터질 것이다. 찰나의 순간, 나는 고민했다. 톰 크루즈라면 이 상황을 어떻게 해결했을까. 분명 그는 시민들을 구하기 위해서 기꺼이 자신을 희생했을 것이다. 나 역시 견디고만 있을 수는 없었다. 문이 닫히기 직전에 열차 밖으로 몸을 던졌고, 화장실로 곧장 달렸다. 우당탕 소리를 내며 들어간 화장실에서 간신히 폭탄의 뇌관을 제거했다.

비밀 작전을 무사히 수행하고 다시 출근길에 올랐다. 사람들은 여전히 분주하게 출근하고 있었다. 아무도 폭탄이 그들의 평화를 위협했었다는 사실을 눈치채지 못했다. 그렇게 시민의 평화는 지켜진 것이다.

2. 직장(職場) 생활(일터의 삶)에 대하여

나는 신입사원으로 영업부서에 배치되었다. 영업이라면 접대도 해야 할 테니 술을 많이 먹지 않을까 걱정을 했었는데, 그 예상은 반은 맞았고 반은 틀린 것이었다. 실제로 술은 많이 마셨지만, 고객과 마신 게 아니라 전부 팀 사람들과 먹었다. 매번 새벽이 되어서야 술자리가 끝나면, 나는 다소 더러운 방법으로 억압된 예술성을 발휘했는데, 집에 돌아가는 길에 토사물로 한자를 쓰는 것이었다. 물론 그 한자는 갈지(之)자였다.

팀 분위기는 그야말로 가족 같았다. 나에 대한 선배들의 관심은 내 부모님보다도 컸다. 내 연애사는 물론이고 퇴근 후 여가생활까지 궁금해하며, 미주알고주알 조언을 아끼지 않았다. 또 배려심은 어찌나 많은지, 일을 빨리 배워야 한다며 자기 일을 내게 양

보였다. 혹시나 내가 엇나가지는 않을까 하는 걱정에 격한 애정의 질책을 해주기도 했다.

선배들의 뜨거운 사랑이 계속되다 보니, 정말로 뜨거워져 부글부글 끓기 시작했다. 마음속의 폭탄이 터지기 일보 직전이었다. 이 폭탄이 터지면 내 직장생활은 위기에 빠질 것이고, 회사는 아수라장이 될 것이었다. 위기에 빠진 나는 고민했다. 톰 크루즈라면 이 상황을 어떻게 해결했을까. 그는 분명 선량한 직장인들을 지키기 위해 목숨을 건 스파이 작전도 불사했을 것이다. 나는 연말 조직개편으로 정신없는 분위기를 틈타 비밀스럽게 이동을 꾀했다. 은밀하게 정보를 수집하고, 조심스럽게 유관부서에 접선하고, 아무도 모르게 부서이동을 신청했다. 가히 스파이 작전이라고 할 만했다.

결론부터 말하자면, 아슬아슬하게 폭탄은 해체되었다. 나는 지금 다른 부서에 출근하고 있다. 이곳은 마치 다른 회사처럼 평화롭다. 이곳의 사람들은 내게 폭발 직전의 폭탄이 있었다는 사실을 까맣게 모르고 있다. 그렇게 회사의 평화는 지켜진 것이다.

참으면 터진다. 이것이 내가 직장생활을 하면서 얻은 깨달음이다. 곳곳에 도사리고 있는 폭탄이 사무실 한복판에서 터지지 않도록 잘 관리하는 것이 원만한 직장생활을 위한 팁이다. 아무도 없는 곳에서 몰래 터트리든, 폭탄 타이머 몇 초를 남겨놓고 아슬아슬하게 해체하든, 아무도 다치는 사람은 없어야만 한다. 선량한 동료들은 폭탄이 존재했는지도 모른 채 평화롭게 살아간다. 하지만 알고 보면 직장인 모두는 각자의 폭탄을 안고 살아가고 있다. 그러니까 직장은 사실 폭탄 밭이다. 그리고 직장인 모두는 톰 크루즈다. 이 시대의 영웅이다.

4
황혼의 한반도에서

2차 세계대전에서 살아남은 유대인 빅토르 프랑클은 자서전 《죽음의 수용소에서》에서 말했다. '삶은 고통이다.' 취업전선에서 살아남은 직장인 조 대리는 일기장 〈황혼의 한반도에서〉에서 말했다. '삶은 계란이다.' 그는 최근 한 달이 넘도록 야근을 하고 있는데, 배가 고플 때면 삶은 계란을 다섯 알씩 먹고 있다고 한다. 그리고 목이 막히면 가슴을 치며 이렇게 외친다. "아! 실로 삶은 고통이로구나!"

야근이 한 달째 이어지고 있다. 야근은 크게 세 가지 종류로 나눌 수 있다. ①능력이 뛰어난 탓에 모든 일이 몰리고, 일에 치이다보면 늦은 밤이 돼버리는 '능력자성 야근', ②회사 시스템이 구석기 시대를 방불케 하여, 단순반복 작업을 하다보면 늦은 밤이 돼버리는 '막노동성 야근', ③둘 이상의 부서의 얽히고설킨 이해관계에 끼여, 의견만 오가다 늦은 밤이 돼버리는 '샌드위치성 야근'. 내 경우는 세 번째다. 우리 팀은 사업부 선임부서라서 연말이 되면 내년도 목표를 세우는데, 그게 말처럼 쉬운 게 아니다. 목표를 달성해야 하는 영업부서들은 낮은 목표를 원하지만, 목표를 수립하는 선임부서에게는 피할 수 없는 목표치가 있다. 바로 예쁜 숫자다. 예쁜 숫자가 무엇인지 설명하기 전에 퀴즈. 작년 매출이 666억이고, 올해는 100억을 더한 766억이라면, 내년 목표는 얼마일까? 866억을 생각했다면 땡이다. 정답은 900억이다. 딱 떨어지는 게 예쁜 숫자다. 이런 논리(라기보다는 억지)로 목표가 정해진 상황에서 각 영업부서들은 서로 낮은 목표를 받으려고 아우성이다. 이 과정은 좀처럼 쉽게 마무리되지 않는다. 그러다보면 새벽 퇴근은 물론이거니와, 주말출근도 불사해야한다. 하루 종일 사무실에 갇혀 있으니, 이건 회사가 아니라 수용소다.

빅토르 프랑클의 심정이 이러 했을까. 정신과 의사였던 그는 2차 세계대전 당시, 나치에 붙잡혀 3년 동안 수용소 생활을 했다. 그곳에서 어머니와 형제, 그리고 아내까지 잃었다. 하지만 그는 결코 생의 의지를 잃지 않았다. 오히려 수감자들과 자신을 관찰하며 '어떤 고통이라 할지라도 그 안에서 의미를 찾아낸다면 이겨낼 수 있다'는 사실을 깨닫는다.

수용소에 갇힌 기분을 공감하고자 했으나, 어쩐지 숙연해진다. 누가 그 앞에서 투정을 부릴 수 있겠는가. 취업이 어려워 이민을 가고 싶다는 어느 취업준비생의 고민도, 친구의 친구를 사랑하게 됐다는 어느 대학생의 고민도, 그 앞에서는 한없이 작아진다. 하물며 한 달 째 야근이 너무 힘들다는 투정은 말해 무엇 할까.

하지만 말이다. 아우슈비츠 수용소에 갇힌 유대인보다, 야근하는 직장인이 더 힘들어 하는 상황이 벌어지는 것은 이상한 게 아니다. 그가 말했듯, 중요한 것은 제약이 아니라 삶의 의미를 찾고자 하는 의지기 때문이다. 지금 내게 필요한 것은, 속한 곳에 기여하고 내 존재가치를 증명하며 동료와 연대하는 과정에서 의미를 찾는 것이다. 그렇게 생각하니 목구멍에 걸린 계란이 서서히 부서진다.

자, 다시. 2차 세계대전에서 살아남은 유대인 빅토르 프랑클은 자서전《죽음의 수용소에서》에서 말했다. '삶은 고통이다. 생존한다는 것은 고통 속에서 의미를 찾는 것이다.' 취업전선에서 살아남은 직장인 조 대리는 일기장 〈황혼의 한반도에서〉에서 말했다. '삶은 계란이다. 생존한다는 것은 냉장고 속에서 사이다를 찾는 것이다.' 그는 최근 한 달이 넘도록 야근을 하고 있는데, 배가 고플 때면 삶은 계란을 다섯 알씩 먹고 있다고 한다. 그리고 목이 막히면 사이다를 마시며 이렇게 외친다. "아! 살 것 같다!"

5
그게 맘대로 되는 게 아니더라고

　회사에는 하라는 일은 하지 않고 연애질하는 인간들이 꼭 있는데, 그게 바로 나다. 어쩌다 보니 사내연애 중이다. 물론 비밀이다. 우리 회사에 이 사실을 아는 사람은 손가락에 꼽을 정도로 적다고 믿고 있지만, 어쩌면 이 사실을 모르는 것은 우리 둘뿐일지도 모른다. 누군가 말하길, 사내연애는 사무실 복사기도 안다고 했다. 그러고 보니 나 역시 다른 사내연애를 여럿 알고 있다. 물론 그들은 내가 안다는 사실을 꿈에도 모른다.

　그런데도 사내연애 당사자들은 어떻게든 비밀에 부치려고 한다. 많은 사람이 알아서 득이 될 것은 없고, 해가 될 것만 가득하기 때문이다. 나 역시 사내연애가 들통나지 않기 위해 온갖 수를 쓴다.

이런 수고스러움 때문에 보통 사내연애를 기피한다. 언젠가 외로움에 사무친 친구 J에게 "회사에 괜찮은 사람이 없더냐."라고 물었던 적이 있는데, 그는 별안간 눈을 부릅뜨고는 "사내연애는 하지 않아!"라고 소리쳤다. 그리고 초점 잃은 눈을 한 채 "절대……절대…….'라며 구시렁거렸다. 이야기를 들어보니 사내연애를 하다가 이별한 전력이 있었다. 하필이면 상대가 같은 팀 선배였는데, 모든 일에 사사건건 딴죽 거는 탓에 지옥 같은 일 년을 보냈다고 했다.

친구 J의 예는 사내연애의 큰 걸림돌이다. 영원히 행복하면 좋겠지만, 모든 만남에는 이별이 있는 법. 더군다나 비밀 연애였다면 그나마 간단하지만, 어쩌다가 공개라도 됐다면 일은 더 커진다. 뒤에서 "둘이 헤어졌대"라며 수군덕대는 소리가 귀에 안 들릴 수가 없다. 그러니 사람들은 사내연애는 절대 안 된다고 한다. 하지만 사내연애 경험자인 나로서는 이렇게 말할 수밖에 없다.

"그게 맘대로 돼간?"

내가 애인에게 호감을 느낀 것은 아주 우연한 만남 덕분이었다. 집이 같은 방향이었기에 퇴근길 지하철에서 마주쳤다. 슬쩍 인사를 나눴는데 따로 가기도 민망해서 같이 지하철에 올라탔다. 이런저런 재미없는 회사 이야기를 나누다가 할 말이 다 떨어지니

적막이 흘렀다. 적막을 깼던 것은 내 뱃속에서 나는 소리였다. "꼬르륵-." 지하철이 시끄러워 그녀에게 들리지는 않았겠지만, 적어도 할 말은 생각났다. "저녁 먹었어요?"

우리는 동네의 초밥집에 갔고, 초밥 열두 피스와 맥주 한 잔씩을 주문했다. 그녀는 초밥을 가장 좋아한다고 했고, 부산이 본가라고 했다. 그리고 시를 좋아했고, 곧잘 지었다. 학창 시절에는 백일장에서 입상을 여러 번 했는데, 어느덧 사회생활을 시작하게 되니 많은 시간을 쏟지는 못하는 듯했다. 하지만 여전히 시를 좋아한다고 했다. 시를 이야기하는 그녀의 얼굴에 기쁨, 슬픔, 설렘, 서운함, 온갖 감정들이 스쳐 지나갔다. 그녀의 표정을 가만히 보고 있는데 왠지 모르게 가슴이 벅차올랐다. 그것은 낭만이었다. 타인의 감정을 바라보며 낭만을 느끼는 것이 얼마만이던가. 아니, 한 번이라도 이런 적이 있던가.

가슴이 울컥-하고 일렁였다. 글을 좋아하는, 더구나 '쓰는' 행위를 좋아하는 그녀에게 매력을 느끼지 않을 수 없었다. 같은 것에서 느끼는 설렘은 동질감을 부여하고, 그 동질감은 어쩌면 영원할 수 있을지도 모른다는 기대를 갖게 한다. 나도 무심코 그런 생각을 했다. 더 많이 알고 싶었다. 글 말고도 동질감이 더 있을지 모른다는 생각에 설레었다.

집에 오자마자 책장을 살폈다. 노명우 교수의《혼자 산다는 것에 대하여》를 뽑아 들었다. 그녀에게 빌려줄 생각이었다. 아까 초밥집에서 시 이야기를 하다가 자연스레 책 이야기로 대화가 이어졌는데, 근래에 재밌게 읽은 책을 빌려주기로 했던 것이었다. 이제 막 다 읽은 참이라 생각난 책이었는데, 막상 꺼내 들고 보니 우스웠다. 호감을 가진 이성에게 빌려준다는 책이 하필이면 '혼자' 사는 이야기라니…….

우리는 석 달이라는 시간을 들여 천천히 서로를 알아갔다. 더 많은 동질감에 설레었고, 몰랐던 이질감에 즐거워하기도 했다. 그리고 어느 여름 밤, 성북천 산책로를 걷다가 '함께'하기로 합의(?)했다. 그렇게 우리의 사내연애는 시작됐다. 가만히 돌이켜봐도 어쩔 수 없는 일이었다. 이미 호감을 느끼기 시작한 순간, 직장 동료라는 이유로 사랑에 빠지는 것을 멈출 수는 없었다. 사랑은 머리로 하는 게 아니니 말이다.

직장인들이 사내연애를 경계하는 것이 소문 때문이지만, 온 국민이 다 아는 배우들도 배우끼리 연애하고, 아이돌도 아이돌끼리 연애한다. 결국 그렇게 될 수밖에 없는 것은 같은 공간에서 같은 시간을 보내기 때문이다. 의외의 모습을 목격하고, 작은 호감을 느끼고, 감정이 고조되는 일련의 과정이 시작되면 어찌 막을 도리가 없다. 아니, 막을 이유가 없다. 그것이 가장 자연스러운 만남이니 말이다.

6
행복한 사내연애 하는 법

사내연애 커밍아웃한 김에 안정적인 사내연애를 위한 조언을 하겠다. 사내연애에는 적잖은 노력이 필요하다. 주변의 시선 따위는 신경 쓰지 않는 자유로운 마인드라서 괜찮다면, 이를 명심하라. 사내연애는 알려지는 순간 오히려 자유와는 멀어진다.

사내연애가 발각되는 순간은 크게 셋으로 나눌 수 있다. 현장에서 발각되는 경우, 단서를 흘려서 발각되는 경우, 대화하다가 무심코 발각되는 경우.

첫 번째, 현장 발각은 말 그대로 데이트하다가 발각되는 것인데, 이건 별수 없다. 그냥 시인하고 비밀로 해달라고 부탁하자. 어설프게 잡아뗀다고 해결될 문제가 아니다. 그러면 오히려 "아무래도 수상하단 말이야."라며 주변에 말하기 시작한다. 하지만 대놓고 비밀로 해달라고 부탁하면 쉽사리 말하지 못한다. 말하는 순간 자신의 잘못이 되기 때문이다. 물론 남의 비밀을 어떻게든 떠벌리고 싶어 안달 난 사람이라면, 언젠가 일어날 일이었다고 생각하고 그냥 포기하자. 엮이면 엮일수록 피곤해지기만 한다.

두 번째는 단서들로 추리되는 경우다. 이 경우 원흉은 SNS다. SNS를 자신만의 공간이라고 생각한다면 큰 오산이다. 나 혼자 찍힌 독사진이라고 안심하지 말자. A가 제주도로 여행을 다녀왔는데 B의 SNS에 제주도 사진이 올라온다면 의심을 산다. 그리고 A가 SNS에 "요즘 빠진 노래~"라며 올린 노래를 B가 흥얼거리면 의심을 산다. 또한 A와 B의 사진 속 조명 빛깔이 비슷하다는 이유로도 의심을 산다. 어떤 연관성도 없어 보여도 의심을 산다. 그러니까 SNS는 하지 말자. 혹시 솔로인 척하고 있다면 더 조심해야 한다. 애인이 분위기 좋은 카페에서 찍어준 독사진을 무심코 프로필 사진으로 등록하곤 하는데, 그건 큰 실수다. 본인만 나온 사진이니까 괜찮을 거라고 생각했겠지만, 사람들은 사진 속 당신을 보지 않는다. 사진 밖 촬영자가 누구인지를 상상한다. 누가 봐도 애인이 찍어준 사진이 여럿인데, 솔로인 척하고 있다면 무언가 감추는 것이 있는 것. 추리는 바로 사내연애로 이어진다. 이제 적발되는 것은 시간문제다.

세 번째는 무심코 대화하다가 발각되는 경우다. 대화 주제는 쉽게 연애로 옮겨 가는데, 애인에 대한 갑작스러운 질문을 받게 될 때가 있다. 이때, 당황하고 말을 얼버무리다가 수상한 낌새를 풍기면 상대는 의심하기 시작한다. 직장동료 C 역시 그랬다. "애인의 직업이 무엇이냐?"라는 질문에 "어……."라고 한참 시간을 끌더니, "금융 쪽이야"라고 대답했다. 금융이면 금융이지, 금융 '쪽'은 또 뭐란 말인가. 그가 머리 굴리는 소리가 여기까지 들렸다. 내가 "금융 쪽? 은행인가?"라며 추가 질문을 던졌더니, "응, 아, 보험일 거야. 보험."이라며 어색한 대답을 했다. 아까는 금융 쪽이라더니? 게다가 '일 거야'라니. 애인의 직업을 확실히 알지 못한다는 것인가. 그런 경우는 둘 중에 하나다. 사실은 애인이 없거나, 거짓 대답을 하고 있거나.

이런 경우를 위해 애인의 가상 프로필을 미리 준비해두자. 실존 인물을 연상하는 것이 가장 좋다. 아무래도 암기하는 것보다 누군가를 연상하는 것이 더 빠르고 자연스럽다. 다만, 너무 많은 프로필을 준비할 필요는 없다. 직장이 어디인지, 직종이 무엇인지 정도만 정하면 된다. 나이, 가족관계, 사는 동네와 같이 평범한 정보는 애인의 프로필을 그대로 드러내도 괜찮다. 그 정도로 사내연애를 유추하기 쉽지 않다. 만약 의심을 받는다면 프로필 때문이 아니다. 다른 단서들로 이미 의심을 산 이력이 있을 것이다. 지금 메신저 프로필 사진과 SNS를 점검하자.

사내연애는 이제 하나의 트렌드가 되고 있다. 내가 아는 사내연애만 해도 손가락으로 다 셀 수가 없다. 요즘 낮은 혼인율과 출

산율이 사회문제로 대두되고 있는데, 나중에는 국가에서도 사내 연애를 권장하는 시대가 올지도 모른다. 사내연애가 양성화되면 너도 나도 사내연애를 시작하고, 그러다 보면 전 애인과 내 후배가 사귀는 모습을 봐야 하고, 내 현 애인과 전 애인이 신경전을 벌이다가 싸움이 나고……. 음, 사내연애가 양성화되는 것은 시기상조일 지도 모르겠다.

어쨌든 이미 수많은 사내연애가 수면 밑에서 이뤄지고 있다. 이미 과거형이 된 것도 있을 것이고, 현재진행형도 있을 것이다. 만약 당신이 둘 다 해당되지 않는다면……, 축하한다. 당신은 미래형이다. 앞에 펼쳐질 무한한 사내연애의 가능성을 열어두자. 단, 앞서 말한 철칙은 유념하길 바란다. 다 당신을 위해 하는 말이다.

7
누워서 쓰는 글

나는 지금 누워(서 글을 쓰고) 있다. 참을 수가 없다. 마치 땅이 끌어당기는 것 같다. 땅을 이렇게 좋아하는 걸 보니, 어쩌면 전생에 지렁이였는지 모른다. 슬픈 사연이 있어 인간으로 환생했지만, 그 천성을 버리지 못하는 것이다. 나는 눈을 감고 전생을 떠올려 보았다.

어느 날, 축축한 땅을 휘젓고 다니다가 일광욕을 즐기던 나(지렁이)는, 개똥지빠귀에게 먹이로 잡히고, 둥지에서 아기 개똥지빠귀를 만나게 된다. 처음에는 납치범과 인질이었지만 어느새 서로에게 호감을 느끼고, 결국 사랑에 빠진 아기 개똥지빠귀와 나는 결혼을 결심한다. 우리는 결혼을 허락받기 위해 아빠 개똥지빠귀에게 가는데, 배가 고팠던 아빠 개똥지빠귀는 나를 먹이로 착각하고 눈 깜짝할 새에 나를 식도로 넘겨버리고 만다. 눈물 없이는 볼 수 없는 비극적인 러브스토리를 가만히 보고 있던 신은 내게 연민을 가졌고, 결국 나를 인간으로 환생시킨 것이다. 그러니까 이번 생에는 무슨 일이 있어도 사랑에 성공해야만 한다, 라는 요상한 결론이 나온 이유는 내가 누워있기 때문이다.《눕기의 기술 : 수평적 삶을 위한 가이드북》에 따르면, 마르셀 프루스트, 마크 트웨인 등 많은 작가들이 침대에서 역작을 탄생시켰다고 한다. 역시 누워있으면 몸이 이완되고 정신도 자유로워지기 때문일 것이다. 꿈속에서 기상천외한 이야기들이 탄생하는 것은 우연이 아니다.

내가 누워있는 것을 이렇게 사랑하는 이유가 무엇일까 생각해 보니, 아버지가 떠올랐다. 어릴 적, 아버지는 쉬는 날이면 항상 집에 누워계셨다. 누워서 신문을 보시고, 누워서 TV를 보시고, 식사……는 일어나서 하셨지만, 다 드시고는 역시 누우셨다. 걷는 것보다 뛰는 게 자연스러운 나이였던 나는 아버지가 왜 누워만 계시는지 이해할 수 없었다. 하지만 서른이 넘은 지금, 이제야 아버지를 이해한다. 피곤하니까.
　내가 아버지를 머리가 아닌 마음으로 이해하게 된 것은 직장인이 되고서부터였다. 신입사원 시절의 어느 날, 새벽 한 시가 넘어서야 회식이 끝났다. 당시 우리 팀의 음주 문화는 아주 과격했다. 팀장을 시작으로 순서대로 폭탄주를 입에 털어 넣는 '파도타기'

를 연거푸 세 바퀴는 반복해야 했고, 잔에 술이 조금이라도 남으면 벌주를 마셔야 했다. 저녁 일곱 시에 시작해서 여섯 시간 넘게 계속되는 음주 퍼레이드를 버티기 위해서 온갖 술 깨는 약을 먹어도 봤지만, 끝을 모르고 들이붓는 술에는 장사 없었다.

그날도 역시 만취된 상태로 택시에서 내렸다. 안주로 연어를 먹어서였을까. 흐르는 위산을 거꾸로 거슬러 오르는 바람에 그대로 속을 게워냈다. 거기까지는 있을 수 있는 일이었다. 문제가 있었다면, 너무 철저한 귀소본능이었다. 얼른 집에 들어가야 한다는 생각에 토를 하면서도 걸음을 멈추지 않았다. 마치 모세가 홍해를 가르듯 사람들이 양옆으로 비켜 길을 내주었다. 집에 들어가니 새벽 두 시였다.

아침 여섯 시, 어김없이 알람은 울렸다. 아직 술이 깼을 리 만무했지만 신입사원의 정신력으로 채비를 했다. 힘겹게 샤워를 하고 겨우 옷을 챙겨 입었다. 그리고 현관 앞에 선 순간, 구두를 보고는 그 자리에 주저앉아 버렸다. 구두는 토사물로 범벅된 채였다. 물티슈로 구두를 닦았다. 왜인지 아버지가 생각났다. 아버지 역시 이런 시간을 보냈을 것이다. 고난을 견디며 어린 아들의 입에 넣을 음식을 벌었을 것이다.

출근하는 지하철에서도 몇 번을 탔다 내렸다 반복했다. 구역질이 나서 도저히 견딜 수 없었다. 평소에는 20분이면 도착할 거리를 한 시간 만에 겨우 도착했다. 내려서도 느릿느릿 겨우 출구로 빠져나왔다. 출구 앞에 작은 복권 가게가 보였다. 평소 같으면 그냥 지나쳤을 곳이다. 나는 그 앞에 서서 이온 음료 한 개와 로또 만 원어치를 샀다. 나는 또 아버지를 생각했다. 어렸을 적 터질 듯이 빵빵했던 아버지의 지갑 안에는 온갖 종류의 복권이 가득했다. 아마 아버지는 복권이 이 굴레에서 벗어날 수 있는 유일한 방법이라고 생각했을 것이다. 나는 알 수 있다. 내가 그런 마음이었으니까 말이다. 내가 아버지고, 아버지가 나니까 말이다.

8
정대만의 저주

학교에 동아리가 있다면, 회사에는 동호회가 있다. 농구 동호회, 축구 동호회, 게임 동호회, 와인 동호회, 클래식 동호회, 의외로 종류가 다양하다. 그리고 생각보다 많은 사람들이 동호회 활동을 즐긴다. 취업하고 가장 이해할 수 없었던 것 중 하나였다. 여가 생활까지 회사 사람들과 함께한다니, 주말에도 출근한 기분일 것 같았다. 하지만 동호회 활동을 하는 선배들은 하나같이 열성적이었다.

P 선배도 그런 열성적 동호회인이었다. 처음 나를 보자마자 했던 첫 마디가 "축구하나?"였다. 하필이면 유일하게 하는 운동이 축구였던지라, 아주 자연스럽게 P 선배의 영업은 시작됐다. 하지만 말했듯 사내 동호회만큼은 들고 싶지 않았기 때문에 이 핑계

저 핑계 대며 미꾸라지처럼 빠져나갔다.

그러던 어느 월요일이었다. P 선배가 대뜸 나를 보고 "너 왜 토요일에 안 나왔어!"라며 호통을 치는 게 아닌가. 어리둥절한 나는 "어딜 안 나왔다는 말씀이십니까?"라고 반문했다. 선배는 말했다. "축구! 나온다며!" 순간, 아주 작은 기억이 스치듯 지나갔다. 지난주 금요일 회식 자리에서 술에 취한 나머지 축구 동호회 가입을 약속한 것이다. 선배는 "너 이미 가입처리까지 다 했어. 다음 주에는 꼭 나와."라고 말했다. 그 선배는 평소 느릿느릿하기가 거북이 뺨을 후려칠 정도였는데, 어찌된 일인지 나의 동호회 가입 처리는 번개만큼 빨랐다. 그렇게 나의 축구 동호회 생활이 시작되었다.

동호회 생활은 첫날부터 호락호락하지 않았다. 축구 동호회 인에게 토요일 늦잠은 사치였다. 아침 일곱 시에 경기를 하므로 적어도 다섯 시 반에는 일어나야 한다. 게다가 경기장에 도착하면 죄다 회사 선배뿐이다. "조 대리, 보고서!"라는 외침이 "조 대리, 패스해!"로 바뀌었을 뿐이다. 이것이 주 6일제 근무와 다를 게 무엇이란 말인가.

아, 어디서부터 잘못된 걸까. 회식 자리에서 약속을 하지 말았어야 했다, 아니, 애초에 술을 그렇게 마시질 말았어야 했다, 아니, 애초에 축구는 할 줄 모른다고 했어야 했다, 아니, 애초에 축구를 시작하지 말았어야 했다. 생각이 꼬리를 물다 보니, 결국 초등학생 시절에 축구를 시작했던 것이 문제였다.

처음 축구를 시작한 것은 당황스럽게도 농구 만화《슬램덩크》
때문이었다. 나는 정대만을 유독 좋아했다. 그는 중학 농구에서
두각을 나타냈지만, 부상을 당해 방황하며 불량 학생이 되었다.
하지만 안 감독님의 배려로 농구를 다시 시작하게 되었고, 다시
농구 코트를 지배한다. '포기를 모르는 남자', 정대만의 탄생 일화
다. 그의 투지는 가슴 깊은 곳에 꿈틀대(지만 너무 깊은 곳에 있어
좀처럼 찾을 수 없)는 나의 승부 근성을 자극했다.

그때부터 아버지께 농구공을 사달라고 졸랐다. 나는 정대만의
정신을 받들어 끈질기게 졸랐고, 결국 아버지는 퇴근길에 농구공
하나를 사 오셨다. 그 농구공은 특이하게도 어두운 회색이었는데,
그게 그렇게 쿨해 보였다.

다음 날, 설렘을 안고 운동장으로 향했다. 농구 코트에는 중학
생 형들이 이미 농구를 하고 있었다. 나는 슬쩍 농구공을 꺼냈다.
농구를 하던 형들은 금세 내 쿨한 농구공에 관심을 보였고, 형들
과 함께 농구를 할 수 있었다. 그야말로 어린 정대만이 탄생하는
순간이었다.

하지만 애석하게도 나는 농구를 해본 적이 없어 서툴렀고, 형
들의 인내심은 그리 깊지 못했다. 계속되는 실수에 나는 코트 밖
구석에 앉아 구경하는 신세가 되었다. 몇 시간을 그렇게 쿨한 내

농구공이 날아다니는 모습만 바라보았다.

날이 어둑해져서야 집으로 돌아왔다. 멋진 농구공이 있었지만, 정작 농구는 하지 못하고 구박만 받았다. 농구가 더 이상 하고 싶지 않았다. 그렇게 나의 짧은 농구 인생은 막을 내렸다. 그리고 며칠 후, 나는 축구 만화《휘슬》을 읽었고, 아버지에게 축구공을 사달라고 조르기 시작했다. 그렇게 나의 축구 생활이 시작되었다.

나비효과란 이런 것이다. 그때《슬램덩크》를 읽지 않았더라면 농구 코트에서 상처를 입지 않았을 것이고, 그랬다면 축구를 시작하지 않았을 것이고, 그랬다면 토요일 새벽 다섯 시 반에 일어나는 불상사는 일어나지 않았을 것이다. 하지만 이제 와 후회해봤자 아무 소용이 없다. 나는 오늘도 혹사당했고, 경기장 위에 쓰러졌다. 패스하면 A 선배가 왜 슛을 안 때리냐고 호통치고, 슛을 때리면 B 선배가 왜 패스 안 하냐고 포효하고, 잠깐 걸으면 C 선배가 왜 안 뛰냐고 고함쳐서, 주구장창 슛 때리고, 패스하고, 뛰다 보니 체력이 금세 바닥난 것이다. 축구 동호회에는 그라운드의 지배자가 너무 많다는 게 문제다. 서로 지배하려고만 드니, 막내인 나는 말 없이 뛸 뿐이다. 갑자기 '포기를 모르는 남자' 정대만이 원망스러워진다. 이제 그만 포기하고 싶다.

9
잘 익은 휴가

　내게 미쳤다고 할지 모르겠지만……, 무려 2주간 휴가를 다녀왔다. 정신없이 바쁜 연말에 동료들에게 미안함을 무릅썼다. 물론 그럴만한 이유는 있었다. 그건 바로 부모님. 부모님은 33년 동안 이 못난 아들 뒤치다꺼리하시며 사셨고, 어느덧 환갑이 훌쩍 넘은 나이가 되셨다. 거실에 나란히 앉아 TV를 보고 계신 부모님의 뒷모습이 유난히 작아 보이던 어느 날, 가족 여행을 결심했(던 것은 내 동생이었고, 나는 고개를 끄덕이며 동의했)다. 동생은 '형보다 나은 동생 없다'라던 옛말을 비웃기라도 하듯, 단숨에 비행기 티켓을 끊고, 숙소를 잡고, 여행 계획을 짰(고 나는 역시 고개를 끄덕이며 동의했)다. 형보다 나은 동생 덕분에 2주간의 긴 휴가를 갈 만한 명분을 얻었다. 누가 부모님께 효도한다는 데 반대하겠는가.

염치 차리려 말은 이렇게 했지만, 사실 휴가에 명분은 필요 없다. 회사로부터 보장받은 내 휴가를 내가 쓰는데, 그 이유가 무엇이든 무슨 상관이랴. 하지만 현실에서는 말처럼 쉽지 않다. 괜히 죄짓는 것 같아 껄끄럽고, 보고를 하면 상사는 딱히 궁금하지도 않으면서 이유를 꼬치꼬치 캐묻는다.

내가 어리바리한 신입사원일 때도 그랬다. 하루 휴가를 내려고 팀장님에게 다가갔다. 괜히 죄짓는 것 같은 기분이 들어 주뼛거리며 보고했다. "팀장님, 저 내일 하루 휴가……." 팀장님은 "왜?"라고 물으셨다. 나는 당황하지 않고, 준비한 대로 답했다. "부모님 뵈러 시골에 다녀오려고 합니다." 물론 거짓말이었다. 팀장님은 코웃음을 치시며 말씀하셨다. "얀마, 휴가 쓰고 싶으면 써. 거짓말 하지 말고. 잘 다녀와." 나는 머쓱하게 웃으며 생각했다. '그러게. 내가 왜 거짓말을 했지? 내 휴간데 말이지.'

한 달 후, 다시 휴가를 내려고 팀장님께 갔다. 이번에는 당당하게 말하겠노라 마음먹었다. "팀장님, 내일 하루 휴가 쓰려고 합니다." 역시 팀장님은 "왜?"라고 물으셨다. "부모님 댁에 다녀오려고 합니다. 김장하신다고 해서요." 정말이었다. 그런데 팀장님은 인상을 찌푸리며 말씀하셨다. "얀마, 거짓말하지 말고 쓰라니까? 내가 너 휴가 못쓰게 하냐? 잘 다녀와." 그때 깨달았다. 휴가에 진실은 필요 없다는 사실을 말이다. 그럴듯한 사유가 적절히

섞여 있으면 될 뿐이었다.

하지만 나중에 보니 그것도 아니었다. 이후에 병원에 간다고 해도, 부산 여행을 간다고 해도, 가족 행사라고 해도, 팀장님은 "거짓말 하지 말고"라고 하셨다. 그 이유가 무엇이었든 간에 팀장님은 꼭 거짓말이라고 했다. 하지만 늘 "잘 다녀와"라는 말을 잊지 않으시는 걸 보니, 팀장님의 퉁명스러운 피드백은 특별한 의미가 없는 일종의 관용어구인 듯했다. "하우 아 유?" 하면 "아임 파인, 땡큐 앤 유?" 하는 것처럼.

다시 이번 휴가 이야기로 돌아오자. 가족여행은 부모님을 위한 것이었던 만큼, 어머니의 버킷리스트 중 하나였던 스위스와 이탈리아로 다녀왔다. 두 나라는 국경을 맞대고 있었지만 느낌은 완

전히 달랐다. 스위스가 신이 만든 아름다움이라면, 이탈리아는 인간이 만든 아름다움이었다. 아이처럼 좋아하시는 부모님을 보고 있자니, 그동안 고생하신 부모님께 잠깐이나마 효도를 한 것 같아 가슴이 찡하고 저렸다.

여행을 마치고 한국으로 돌아오는 비행기 안에서 현실로 돌아갈 준비를 했다. 아마 당분간은 그동안 쌓인 일로 정신없을 것이다. 하지만 걱정되지는 않는다. 여행으로 몸은 지쳤지만 정신은 오히려 또렷해졌다. 삶에 대한 의욕이 샘솟는다. 여행하며 느끼고 계획했던 것들을 얼른 실행에 옮기고 싶다. 북유럽풍 인테리어라든가, 영어 회화 공부라든가…….

이게 휴가의 힘이 아닐까. 휴가는 인생을 맛있게 한다. 마치 잘 익은 김치 같다. 김치가 없다고 라면을 먹지 못하는 것은 아니지만, 진짜 맛있는 라면은 시원한 김치로써 완성된다. 면발을 후루룩 빨아들이고 아삭한 김치를 와작 씹을 때 터져 나오는 청량감은 라면 먹는 과정 자체를 즐기게 한다. 먹는 내내 지루할 틈이 없다. 휴가도 그렇다.

그나저나 여행을 다녀와서 '열심히 살아야지'라고 유난히 굳게 다짐하게 되는 이유는 아마도 여행지 탓일 것이다. 스위스는 정말 아름다웠다. 정말로 천국이 있다면 이런 느낌이 아닐까, 생각했다. 초록빛으로 깔린 초원, 하얗게 빛나는 설산, 수채화같이 파

랗게 칠해진 하늘, 사람들은 또 어찌나 그리 아름다운지. 키도 크고 얼굴도 주먹만 한 것이 이 세상 사람들 같지 않았다. 이탈리아 사람은 또 어떤가. 그 입체감 넘치는 얼굴을 보고 있노라면 '괜히 3D가 몰입감이 높은 게 아니구나'하는 생각이 든다. 풍경과 사람들을 사진에 담고 싶어 스마트폰 카메라를 켰는데, 그만 전면 카메라가 켜져 화면에 내 얼굴이 떴다. 화들짝 놀라 집어 던질 뻔했다. 아아, 정말 열심히 살아야겠다.

10
위기의 조대리

'최종 합격을 축하드립니다.'

입사시험 합격 메일을 받고 집안을 팔짝팔짝 뛰어다녔다. 아버지, 어머니. 그동안 못난 아들 덕분에 고생 많으셨죠. 이제 효도할게요. 동생아. 그동안 부족한 형 맞춰주느라 힘들었지. 뭐 갖고 싶은 거 있으면 말해. 친구들아. 너희들이 없었더라면 지금의 나는 없다. 나와라, 술 살게. 동네방네 감사하고, 인사하고, 자랑했다. 그동안 취업 준비로 힘들었던 시간이 주마등처럼 스쳐 지나갔다. 옛말에 '인내는 쓰나 그 열매는 달다'고 했는데, 정말 달았다. 아주 단 거봉이 20브릭스라던데, 이건 모르긴 몰라도 50브릭스 이상은 되었다.

그로부터 3년 후, 나는 대리가 되었다. 이제 어떤 일을 어떤 식으로 해야 하는지 알게 되었다. 영업사원이었기 때문에 주기적으로 고객을 만나러 다녔다. 서비스를 권유하고, 청약이 들어오면, 서비스를 제공한다는 단순한 패턴이었다. 물론 고객의 막무가내 불만도 해소해야 하고 서비스 제공 일정에 차질이라도 생기면 진땀 흘려야 했지만, 전반적으로 어려운 일은 없었다. 하던 대로 하다 보면 해결은 되기 마련이었다.

직장생활이 따분해졌다. 언젠가 권태기는 3년마다 한 번씩 온다고 들었는데, 나에게도 찾아온 걸까. 번듯한 직장에 다닌다는 뿌듯함, 제 밥값은 한다는 안도감은 온데간데없이 사라지고, 내 시간을 내 맘대로 쓸 수 없다는 무력감만 남았다. 인간이란 이렇게 간사한 동물이다.

고민하기 시작했다. 지금의 나는 울타리 안에서 사료를 먹고 있는 가축과 다를 것이 없지 않은가. 어차피 흙으로 사라질 인생인데 하고 싶은 일을 해야 하지 않겠는가. 불안한 현실이지만 내 인생에서 가장 젊을 때는 지금이 아닌가. 회사에 평생 다닐 수도 없으니 미리 내 것을 만드는 것이 현명한 것이 아닌가. 아무런 위험도 감수하지 않는다면 어떤 성취도 있을 수 없지 않은가. 모든 생각의 결론은 '퇴사'로 귀결되었고, 그것은 곧 '새로운 도전'으로 발전되었다.

그런데 오늘, "웃기고 있네!"라는 소리를 들었다. 내 고민을 들은 동생의 말이었다. 나는 인생을 걸고 고민하고 있는데 웃기고 있다니! 발끈해서 입술을 떼던 순간, 동생은 한마디 더 했다. "하고 싶은 일을 하려고 퇴사하는 게 아니라, 퇴사하려고 하고 싶은 일을 억지로 만드는 거 아니야?" 나는 입을 벌린 상태로 멈췄다. 분명히 방금 뭐라고 하려고 했었는데, 생각이 나지 않았다. 그건 동생 말이 맞기 때문이었다. 생각나는 말이라고는 "흥! 넌 내 맘 몰라!"라든지, "그치만…… 회사 가기 싫단 말이야!" 따위의 투정뿐이었다.

생각보다 간단한 문제였다. 정말 다른 일이 하고 싶은 건지, 단지 퇴사를 하고 싶은 건지 고민해보니 답이 나왔다. 특별히 하고 싶은 일이 없는 걸 보니, 지금은 그저 권태기일 뿐이다. 다른 일을 한다고 해도 3년이면 또 권태기가 올 텐데, 그때마다 직업을 바꿀 수는 없는 노릇이 아닌가.(그것도 나름대로 좋겠지만, 안타깝게도 나에겐 그럴 능력이 없다.)

임경선 작가가 그의 에세이 《태도에 관하여》에서 그랬다. "어떤 일을 어디서 하더라도 일의 본질은 같다." 다른 일을 하면 지금보다 자유로울 것이라는 믿음은 현실도피에 불과하다는 이야기다. 어떤 일을 해도 규칙과 통제는 늘 존재한다. '완전한 자유는 어디에도 없다'는 일의 본질을 마주하지 못한다면, 다시 찾아온 권태기에 속수무책으로 당할 수밖에 없다.

무자비한 동생 덕분에 이성을 차렸다. (분하지만 고맙다.)하고 싶은 일을 억지로 만드는 것은 그만두기로 했다. 진짜로 하고 싶은 일이 생기면 퇴근 후나 주말에 하겠지. 지금은 퇴사가 꼭 필요한 때가 아니다. 직장인으로서 간섭도 받고, 부담도 갖고, 책임도 지며 생존의 무게를 견뎌낼 힘을 기를 때다. 언젠가 내 안에 단단한 근육들이 만들어지면, 그때 다시 고민하겠다. 그때까지는 일단 퇴사는 미루자.

11
대학생 독자들께 보내는 편지

대학교에서 왜 조별 과제를 시키는 건지 이해할 수 없다는 대학생 독자가 있다면 내 말을 들어보길 바란다. 단언컨대 교수님은 분명 제자들의 미래를 걱정하고 있는 것이다. 교수님은 '제자들이 졸업하면 직장인이 될 텐데, 사회생활의 어려움을 다 견뎌낼 수는 있을까……'라며 노심초사했고, 고민 끝에 사회생활 체험판 격으로 조별 과제를 만든 것이다. 만약 당신이 조별 과제를 성공적으로 완수해냈다면, 당신은 이미 훌륭한 직장인이다. 내가 그 산 증인이다.

내가 코흘리개 신입사원일 때 이야기다. 그야말로 터프한 일상의 연속이었다. 몸에도 안 좋은 술, 내가 마셔 없애겠다는 영

웅심인지 매일같이 퍼마시고, 오래오래 만수무강하라는 배려심인지 끼니처럼 육두문자를 챙겨 주는 애정 넘치는 분위기 때문에 숨이 턱턱 막혔다. 그래서 며칠 팀을 벗어나 동기들과 점심을 먹었다. 점심시간만이라도 숨 좀 쉬고 싶어서 그랬다. 하지만 역시 속 깊은 선배님들은 사랑하는 후배가 혹시 굶고 다니는 것은 아닌가 걱정이 되었는지, 이제부턴 선배들과 같이 점심을 먹으라는 명을 내리셨다. 그 이후로는 점심은 팀 선배들과 먹었다. 그것도 아주 열심히 먹었다. 착석하기 무섭게 티슈를 슉슉 뽑아서 착착 깔고, 숟가락과 젓가락도 가지런히 깔고, 물까지 배분하고 식사 준비를 완료한다. 음식이 나오면 "맛있게 드십쇼!"라는 인사도 잊지 않는다.

그런데 한 번은 긴장의 끈을 놓고 말았다. 선배 한 명이 내게 말을 던진 것이다. "야, 너는 왜 아무 얘기도 안 하냐?" 지금까지 골프와 주식 얘기만 하기에, 둘 다 안 하는 나로서는 딱히 할 말이 없었다. 그래서 밥만 먹었던 게 낭패였다. 그래서 솔직히 말했다. "하하, 저는 골프 안 치고, 주식도 안 해서요…….."

대학생 독자 여러분께 미리 직장생활의 팁을 드리자면, 이럴 때는 그냥 "네, 알겠습니다."라고 한마디만 하길 바란다. 아니면 본전도 못 찾는다. 내 경우에는 골프 연습, 주식 공부 좀 하라는 핀잔으로 시작해서, 성공적인 사회생활을 위한 애정 담긴 원포인트 레슨으로 점심시간은 마무리됐다.

절이 싫으면 중이 떠나라고 했다. 그날도 가슴 속의 사직서가 뜨끈하게 달아올랐다. 사직서는 일종의 비행기 티켓과 같다. 행복의 나라로 훌쩍 날아갈 수 있는 티켓. 하지만 막상 날아갈 결정은 말처럼 쉽게 되지 않는다. 행복의 나라가 실제로 존재하긴 하는 것인지, 날아가다가 추락하는 것은 아닌지 두려움이 엄습한다. 결국엔 마음을 다잡고 다시 사무실 자리로 돌아와 워드 프로세서를 켜고 보고서를 작성했다. 타이핑 소리는 아까보다 더 야무져졌다.

혼자 가만히 보고서를 쓰고 있자니 문득 대학생 시절 조별 과제가 떠올랐다. 그때도 그랬다. 건축학 교양수업이었는데, 서울의 건축물에 숨겨진 의미를 찾는 난해한 과제였다. 조원들과 현장 조사를 하러 가기로 약속을 잡았지만, 현장 조사에는 아무도 오지 않았다. 나도 그만둘까 생각했지만, 이내 마음을 다잡고 혼자 서울을 돌아다녔다. 그 후에 조원들의 도움(같은 간섭)을 조금 받기는 했지만, 8할은 혼자서 했다.

학기 말, 그 수업의 성적은 B+였다. 그때는 혼자 고생하고서 좋은 성적을 받지 못한 것이 억울했고, 내 덕분에 그나마 B+라도 받은 조원들이 얄미웠다. 하지만 직장인이 된 지금, 교수님과 조원들에게 감사할 따름이다. 나는 조별 과제에서 성적보다 더 값진 교훈을 얻었다. 사람에게 기대하지 말고 일이나 할 것. 그리고 일단은 버티고 볼 것. 나는 그 덕분에 잘 지내고 있다.

12
프랑스산 구두의 메시지

직장인은 늘 고뇌한다. '이거…… 살까? 말까?' 사자니 사치인 것 같고, 사지 말자니 처량하다. 한 푼이라도 더 모아야 하는 건 알지만, 악착같이 모아서 얼마나 부귀영화를 누리겠나 싶기도 하다. 나 역시 예외일 순 없는 법. 무려 6개월 동안 나를 앓게 한 것은 프랑스산 P 브랜드 구두였다. 황갈색의 따뜻함, 손으로 한 땀 한 땀 봉제한 가죽, 무엇보다 브랜드명이 적힌 녹색 태그는 완벽에 가깝다. 게다가 사람들이 증언하기를, 신으면 신을수록 깊어지는 주름이 그렇게 예쁘다고 했다. 구두계의 조지 클루니라고나 할까. 시간의 흔적은 그 구두에 흠결이 될 수 없다.

어느 날, 역시 구두를 생각하다가 잠이 들었다. 꿈속에서 나는 망망대해의 커다란 요트에 타고 있었다. 늘씬한 남녀들이 수영복 차림으로 태닝을 즐기며 몸매를 자랑했다. '캬, 좋을 때다'라고 감탄하며 둘러보고 있었는데, 그 순간 내 눈을 의심하지 않을 수 없었다. 손바닥만 한 수영복으로 중요 부위만 간신히 가린 백인 남자가 바로 그 구두를 신고 있는 것이 아닌가! 놀란 나는 "저기요, 구두 물에 다 젖어요!"라고 외쳤더니, 그 남자는 나를 보고 씨익 웃더니, 말했다. "이거 방수야."

너무 놀라 잠에서 깼다. "방수라니, 그럴 리가 없잖아……." 구시렁 거리다가, 문득 '구두에 대한 상사병이 갈 때까지 가버렸구나'하는 생각이 들었다. 무서웠다. 매일 밤 그 남자가 내 꿈에 나타나 나를 괴롭힐 것만 같았다. 꿈에서 소방수가 된 그가 화재 현장에 홀연히 나타나 화염 속으로 들어가는데, 그의 신발이 그 구두라는 것을 발견하고 아연실색할지도 모른다. (아! 불에 다 탈텐데, 차라리 나 주지!) 또한 우주인이 된 그 남자가 인류 최초로 화성에 발자국을 남기게 되는데, 생중계를 보다가 화성에 찍힌 발자국이 그 구두라는 것을 깨닫고 망연자실할지도 모른다. (아! 유행하기 전에 샀어야 했는데…….)

정신을 차려보니 쇼핑몰 결제창 앞에 앉아있었다. 몇 번의 클릭 후, '배송기간 3일'이라는 안내문을 읽고 마음이 동했다. 시골로 귀향하는 아들을 기다리는 노모의 마음이 이러할까. 며칠 후

문자메시지 하나가 도착했다. '택배문앞보관.' 짜릿하다. 나는 어쩌면 이 문자 하나 때문에 돈을 버는 것일지도 모른다.

퇴근하고 돌아와 조심스레 구두 상자를 열었다. 나타나는 구두의 자태, 그리고 마음 깊은 곳에 조용히 새겨지는 사자성어, 명불허전(名不虛傳). 역시 명품다웠다. 건강한 모습으로 내 품에 와준 것이 고맙고 대견하기까지 했다. 이 무슨 호들갑인지 이 글을 쓰고 있는 나도 황당하지만, 그때는 그랬다. 바로 구두를 신고 집을 나섰다.

목적지는 딱히 없었다. 단지 걷기 위한 외출이었다. 새 구두 하나 신었을 뿐인데 다른 세상인 것처럼 느껴졌다. 같은 동네, 같은 길을 돌아다니는데 왠지 어깨도 펴게 되고, 걸음걸이도 호쾌해졌다. 어쩐지 얼굴도 잘생겨진 것만 같은 기분이 들어 거울을 봤는데, 아쉽게도 그렇지는 않았다. 묘한 배신감이 들었지만, 구두가 예쁘니 괜찮다.

역시 돈이 좋다. 구두 하나 샀다고 이렇게 행복하니 말이다. 하지만 속물주의는 나쁜 것이라고 주입식 교육을 받아왔기 때문인지, 왠지 모를 두려움도 생긴다. 욕망의 대상이 구두 정도에 그치면 괜찮겠지만, 만약에 내가 람보르기니 스포츠카의 승차감이 너무도 알고 싶어 실신할 지경이라거나, 원양어선에서 갓 잡은 참다랑어의 대뱃살을 두툼하게 썰어 오키나와에서 50년 동안 숙성

시킨 간장에 찍어 먹고 싶다면, 지금의 내 월급으로는 감당할 수가 없다. 그것은 불행의 시작이다.

나는 지금 구두를 노려보고 있다. 과연 저 구두는 나에게 어떤 의미인가. 지금은 욕망이 구두에 그치지만, 어느새 그것이 시계가 되고, 자동차가 되고, 아파트가 될지 모를 일이다. 그렇게 되면 훨씬 더 많은 돈을 벌어야만 그 균형을 이룰 수 있다. 하지만 애석하게도 그런 방식은 불가능할 것이다. 그렇다면 내게 남은 방법은 욕심이 내 수입을 넘지 않도록 조절하는 것뿐이다. 그러한 이유로 이 글을 다짐으로 마무리할 생각이다.

첫째, 앞으로 잡지는 보지 않겠다. (잡지에는 너무 불필요한 정보들이 많다. 이를테면 벚꽃 나들이에 어울리는 150만 원짜리 가디건이라든지)

둘째, 앞으로 길에 낯선 외제차가 서 있더라도 그 브랜드를 궁금해 하지 않고 스쳐 지나가겠다. (이미 웬만한 브랜드는 다 아는 게 문제지만)

셋째, 아파트 분양업자들은 '역까지 도보 5분!'이라고 뻔뻔한 거짓말을 일삼는 작자들이라는 사실을 명심하자. (선량한 아파트 분양업자들이 계시다면 죄송합니다)

이렇게 결연히 다짐했지만, 지키기는 쉽지 않을 것 같다. 왜냐하면 방금 '그 구두에 어울리는 포멀한 가방이 무엇이 있을까'라고 무심코 생각해 버렸기 때문이다. 사람 욕심이란 게 이렇다. 내가 뭘 어쩔 수 있는 게 아니다. 알고 있으니 생각이 드는 걸 어쩌나. 바보가 될 수도 없는 노릇이니 큰일이다.

13
어머니의 돈가스

당대 최고의 협상가로 불리는 김혜경 여사를 아시는지. 언젠가 들어본 적이 있다면, 미안하지만 착각이다. 그녀는 나의 어머니다. 그녀는 경기도 양주에서 텃밭을 일구며 은둔 생활을 하고 있는데, 그녀의 기술을 배우기 위해 최고의 협상가인 도널드 트럼프가 방문을 희망했지만, 경기도 양주에는 그의 전용기가 착륙할 공간이 없어 무산되었다는 소문이 있다.

또 미안하지만, 이것은 관심을 끌기 위해 지어낸 이야기다. 하지만 어머니가 설득에 능하다는 것은 정말이다. 한 번은 공중화장실에서 칼을 든 강도를 마주쳤는데, 침착한 설득으로 강도의 눈물을 쏙 빼고는 칼까지 받아서 유유히 화장실을 나오신 적도 있다. (실화다.) 그리고 결정적으로 내가 어머니에게 '당대 최고'라는 수

식어를 부여하는 이유는 역시 '당대 최고'의 똥고집으로 소문났던 내가 설득당한 장본인이기 때문이다.

때는 바야흐로 1999년, 나는 중학교 2학년생이었다. 여느 중학생들처럼 약도 없다는 중2병으로 부모의 속을 새까맣게 태우지는 않았지만, 조용히 만화를 그리며 어머니의 마음을 불안하게 만들기 시작했다. 그리고 그 불안은 이내 현실이 되었다. 전교에서 세 손가락 안에 들었던 높은 성적 곡선은 이내, 마치 비트코인 차트처럼 곤두박질쳤다.

어느 날, 어머니는 나를 소요산 근처의 조용한 경양식 집에 데리고 가셨다. 후춧가루를 무심하게 뿌린 고소한 크림 수프와 바삭하게 잘 튀겨진 돈가스를 크게 잘라 우적우적 먹으며 원초적인 행복을 느끼고 있던 그 순간, 어머니는 조용히 말씀하셨다. "아들, 만화가 그렇게 좋아?" 나는 어머니의 얼굴을 보았고, 돈가스 씹기를 멈췄다. 세상의 모든 근심이 어머니의 눈동자 속으로 빨려 들어간 것 같았고, 말투는 슬픔으로 축축하게 젖어 있었다. 나는 하필이면 눈치가 빠르고 인정이 많은 성격이라, "응! 정말 좋아!"와 같은 뻔뻔한 대답을 하지 못하고 조용히 고개를 숙였다.

그때 만약 "만화 따위는 이제 집어치우고 공부나 해!"라고 하셨더라면, 나는 반항하며 계속 만화를 그렸을 것이다. 하지만 어머니는 너무 슬퍼 보였고, 그날따라 돈가스는 너무 맛있게 튀겨졌었다. 그때, 그곳에서는 이제 만화를 그리지 않겠다고 말할 수밖에 없었다. 이제 와 생각이지만, 어머니는 내가 잔소리에는 똥고집으로 응수하지만, 감정에 호소하는 것에는 약하다는 사실을 공략하신 것이 분명하다. 그래서 나는 속수무책으로 당했던 것이다.

집으로 돌아오는 차 안은 조용했다. 어머니를 향한 여러 감정이 뒤섞여 그 어떤 말도 할 수 없었다. 어머니의 기대에 부응하지 못했던 것에 미안했지만, 내 마음을 몰라주는 것이 분하고 서운했다. 내가 집으로 돌아와 할 수 있는 유일한 시위는 조용히 마당에서 만화책을 태우는 것뿐이었다. 만화책이 타는 내내, 어머니가 밖으로 나와 나의 감정을 알아채 주길 바랐지만, 어머니는 만화책이 모두 재가 되어 바람에 흩날릴 때까지 나오지 않으셨다.

그로부터 19년이 지났고, 나는 평범한 직장인이 되었다. 어머니의 돈가스를 회상한 것은 어느 업무 회의 때였다. 회의가 따분했는지 모 차장님은 전 직장이 웹툰 회사였다며 물어보지도 않은 웹툰 산업에 대해 설명 하시더니, 마치 이 부분이 하이라이트라는 듯한 결연한 표정으로 웹툰 작가의 수입에 대해 천기누설을 해주겠다고 했다. 딱히 궁금하지는 않았지만, 역시 인정이 많은 성격인 탓에 "궁금해 견딜 수가 없다"며 호응했고, 그는 그럴 줄 알았다는 듯한 표정으로 바짝 다가와 속삭이듯 말했다. "그 친구 통장에 찍히는 금액이 1억 원이예요." 나는 깜짝 놀라(는 척 하)

며 "와, 웹툰 작가 연봉이 1억이나 되나요!"라고 했더니, 차장님은 갑자기 콧방귀를 뀌며 (마치 자신의 수입을 자랑하는 양) "1년에 1억 원이 아니라, 한.달.이.요!"라며 거들먹거리는 게 아닌가. 그리고는 아는 웹툰 작가들의 씀씀이에 대해 떠들더니 어딘가 씁쓸한 표정을 지으며 고개를 살짝 떨어뜨렸다.

나는 차장님의 이야기를 듣고 어머니를 떠올렸다. 어머니는 중학교 2학년이 된 아들이 훗날 만화 화실의 문하생으로 지질한 인생을 살 것을 걱정하셨지만, 십수 년이 지난 지금 이 시대의 만화 산업 구조는 스마트폰의 발명으로 인해 지각변동을 일으켰다. 회사와 작가가 나누는 수입 비율은 작가 쪽으로 크게 기울었고, 천문학적인 광고료가 더해졌다.

하지만 급변한 시장 속에서 여전히 변하지 않은 것이 있다면, 과거 만화출판 시장이나 지금의 웹툰 시장이나 스타 작가는 있고, 반면에 빛 보지 못한 이들 역시 있다는 것이다. 내가 만화를 계속 그렸다 해도 분명히 후자였을 것이다. 지금 평범한 직장인으로 근근이 살고 있으니, 마찬가지로 평범한 작가로 근근이 살고 있지 않았을까.

이 결론은 듣는 이에 따라서 어딘가 씁쓸하게 들릴 수 있는데, 사실 이것은 매우 고무적인 발견이다. 다른 결정을 했다 하더라도 지금과 별반 다르지 않았을 것이라는 것은, 바꿔 말하면 가장 중요한 것은 결국 '지금'이라는 것이다. 지금 행복한 사람이라면 어떤 삶이었더라도 행복할 것이고, 지금 불행한 사람은 어떤 삶이라 해도 불행할 것이다. 어쩐지 큰 스님이나 하실 법한 고루한 이야기로 마무리되어 유감이지만, 행복은 우리 안에 있는 것 아니겠는가.

14
양심은 죽었다

몹시 비통한 심정이다. 출근길에서 양심의 말로를 보았다. 생존을 위한 전선으로 진군하는 병사들이 가득한 아침 여덟 시의 지하철, 그곳에서 말이다. 사람들은 격렬히 전우애를 확인하는 듯 서로의 몸을 비빈다. 그 인파의 파도 속에 몸을 맡기고 있노라면, 내 뒤의 남자의 뜨끈한 입김으로 그가 어젯밤 과음을 했다는 사실을 알게 되고, 내 앞 여자의 젖은 머리로 그녀가 늦잠을 잤다는 것도 알게 된다. 전우란 이렇게 가까운 것이다.

그런데 말이다. 전우라면 그러면 안 되는 것이다. 단 10센티미터도 움직일 수 없는 상황에서, 그런 독가스를 살포하는 인간이 어디에 있다는 말인가. 비참하다. 인간의 양심이 이리도 가벼운 것인가. 그렇지 않아도 비좁은 공간에서 환기가 될 리 만무하다.
냄새는 계속 내 주변을 맴돈다. 그리고 느려지는 열차……. 앞차
와의 간격을 확보하기 위해 서행하오니 승객 여러분의 양해를 부
탁한다, 는 기관사 아저씨의 안내 방송이 야속하기만 하다.

하지만 그런 생각이 들었다. 이 정도의 지독함이라면 단순히 방
귀에 그친 것이 아닐지도 모른다. 어쩌면 정말 큰 일인지도 모른
다. 아마 그 녀석은 방귀인 척하며 전우의 항문을 노크했을 것이
고, 순진한 나의 전우는 깜빡 속아 괄약근을 개방했을 것이며, 이
내……(생략). 그렇다. 나는 냄새 가지고 호들갑을 떨지만, 당사
자는 뜨끈해진 둔부에 온 정신이 집중되어 식은땀을 뻘뻘 흘리고
있었는지 모른다.

하지만 그건 아니었던 듯하다. 다행히도 냄새가 서서히 옅어
져 갔기 때문이다. 다행이다, 다행이야……. 나는 누군지 모를 전
우에게 마음속으로 축하를 전했다. 그렇게 안도하는 순간, 묵직
한 후속타가 날아온다. 아아……. 그렇게 두 방 더 맞았다. (아니,
맡았다.)

전우여! 당신은 세 번이나 양심을 저버렸다. 한 번이라면 방심
한 사이에 새어 나왔다고 할 수 있다. 그 정도는 눈감아 주는 것이
전우애 아닌가. 하지만 세 번이라, 이건 이미 마음을 놓았다는 것
이다. 덕분에 나는 전장(혹은 사무실)에 나서기도 전에 이미 전의

를 상실했다. 용서할 수 없다. 군법으로 엄히 다스려야 마땅하다.

이제 곧 군사재판이 열릴 것이다. 당신은 "생리현상이니 어쩔 수 없었다."라고 변론할 테지만 소용없다. 만약 당신이 이성과 단둘이 방 안에 있었다면 과연 어땠을까? 입술을 깨물고, 괄약근에 모든 신경을 집중해 참아냈을 것이다.(경험자로서 장담할 수 있다.) 나는 세차게 당신을 몰아세운다. 궁지에 몰린 당신은 숨을 고르고 이렇게 외칠 것이다. "가스 한 번 살포하지 않은 자, 나에게 돌을 던지라!" 그 순간, 재판장은 고요해지고, 판사, 검사, 변호사, 증인, 방청객, 원고, 피고, 너나 할 것 없이 서로의 눈치를 살피며 우물쭈물하다가, 일순간 조용히 고개를 저으며 숙연해질 것이다. 그렇게 되면…… 나의 패배다.

그렇다. 일평생 한 번도 독가스를 살포해보지 않은 사람은 세상에 없다. 나 역시 언젠가 무심코 괄약근을 개방했었을지도 모른다. 나조차 눈치채지 못하는 사이에 말이다. 그럴 가능성은 농후하다. 누구나 자신의 방귀냄새는 구수하다 여기기 때문이다. 이것이야 말로 '내가 하면 로맨스, 남이 하면 불륜'의 전형이 아닌가. 아아, 이 시대의 양심은 죽었다.

15
보물을 찾아서

새해가 밝았다. 들리는 이야기로는 올해 첫 출근 날, 회사 근처 헬스장이 인산인해를 이루었다고 한다. 너무 많은 인파가 몰린 탓에 정작 움직일 공간이 없어 아무도 운동을 하지 못했다는 후문이다. 이렇게나 운동에 의욕적인 직장인들이 많다니 놀랄 따름이다. 하지만 모두가 알고 있다. 다음 달이 되면 헬스장은 사람의 손길이 닿지 않는 무인도처럼 변할 것이다. 그곳에 조난된 트레이너들은 구조를 애타게 기다릴 것이고, 지하철역 앞은 홍보 전단을 뿌리는 사람들로 가득할 것이다. 하지만 서울의 직장인들은 눈길 한 번 주지 않는다. 그러다 다시 연말이 되면 거짓말처럼 사람들이 몰려든다. 무인도에 보물이라도 묻혀있다는 소문을 들은 것처럼 말이다. 헛소문은 아니다. 날카로운 턱선과 울퉁불퉁

한 복근이 정말로 그곳 어딘가에 묻혀있다고 한다. 아직 아무도 본 적 없을 뿐…….

　나 역시 보물을 찾겠다고 헬스장에 갔다. 아직 연초라서 그런지 사람이 많았다. 겨우 구석에 있는 러닝머신에 자리를 잡고 걷기 시작했다. 그리고 러닝머신 앞에 설치된 TV를 켰다. 코미디언들이 식당에 앉아 돼지갈비를 먹고 있었다. 어찌나 복스럽게 먹던지, 방금 저녁을 먹었는데 허기가 지는 기분이었다. 이대로 보물이 아득히 멀어지는 기분이 들어 채널을 돌렸다. 이번에는 방송인들이 점잖게 앉아서 미식을 품평하는 프로그램이 나왔다. 다시 채널을 돌렸다. 이번에는 스타들의 냉장고를 셰프들에게 부탁하는 프로그램이 나왔다. 다시 채널을 돌렸다. 이번에는 골목에 있는 식당에……. TV를 껐다. 어떻게 된 일인지 모든 채널에서 무언가를 먹고 있었다. 사람들이 먹는 방송을 얼마나 본다고 이렇게나 많이 하나 생각하다가 무심코 옆을 봤는데, 절반 이상은 먹는 방송을 보고 있었다. 다이어트를 위해 달리면서 보는 먹는 방송이라니, 그야말로 촌극이었다.

　과연 대장금의 후손인 것일까. 우리나라 사람은 먹는 것에 유독 애착이 강하다. 맛집에서 두세 시간씩 기다리는 것은 기본이고, 심지어 캠핑하는 사람도 있다. 먹방이라는 새로운 장르를 개발한 장본인이기도 한데, 그 재미가 얼마나 원초적인지 외국에서도 인기다. 재밌는 사실은 외국인들도 'Mukbang(먹방)'이라는 제목을 그대로 쓴다는 것이다. 그뿐인가. 맛으로도 으뜸이다. 치킨의 종주국 미국에서도 한국의 양념치킨이 세계 최고라고 말하고 있으니, 한국은 그야말로 음식 파라다이스라고 할 수 있다.

해외여행을 가본 사람이라면 한국인이라는 게 얼마나 큰 행운인지 알 것이다. 작년 말, 이탈리아 여행을 갔었다. 오리지널 이탈리안 피자를 먹을 생각에 설렘을 멈출 수 없었다. 도착하자마자 식당에 들어가서 마르게리따 피자를 주문했다. 한 입 베어 물자마자 이탈리아어가 튀어나왔다. "Delizioso!(맛있다)" 쫀득한 도우에 상큼한 토마토소스, 거기에 신선한 치즈까지, 과연 본토의 풍미는 달랐다. 그래서 이틀째도 먹었다. 역시 대단했다. 사흘째에는 다른 음식을 먹어볼까 했는데, 딱히 주변에 먹을 데가 없어서 또 피자를 먹었다. 나흘째에 방귀에서 시큼한 토마토 냄새가 났다. 이러다가 얼굴까지 빨갛게 익을 것만 같아 가이드에게 물었다. "이탈리아 사람들은 피자, 파스타, 리조또 말고 뭘 먹나요?" 가이드는 잠깐 생각에 잠기더니 "치즈를 먹어요."라고 대답했다. 나는 다리에 힘이 풀려 그 자리에 주저앉고 말았다. 이탈리아는 살 곳이 못 되었다. 이탈리아에서는 족발도 먹지 못하고, 순댓국도 먹지 못한다. 하지만 한국에서는 피자, 파스타, 리조또를 원 없이 먹을 수 있다. 심지어 그리스나 터키 음식도 먹을 수 있

고, 분식집만 가도 메뉴가 수십 가지나 된다. 나는 나지막이 외쳤다. '대한민국, 만세.'

잠깐 러닝머신을 멈추고 TV를 켰다. 코미디언들이 이번에는 청국장을 먹고 있었다. 밥에 비벼서 먹고, 깍두기를 올려서 먹고, 콩나물과 함께 먹었다. 한입 가득 넣고 황홀해하는 그들의 표정을 보다가 가만히 나를 돌아보았다. 저들은 한식을 더 맛있게 먹기 위해 연구하는데, 나는 지금껏 선조들이 지켜온 훌륭한 음식을 살찐다는 이유로 피하지는 않았던가. 다양한 메뉴에 감사하기는커녕 메뉴가 너무 많아 고르기 힘들다며 투덜거리지는 않았던가. 참으로 부끄럽다. 참회하는 마음으로……, 오늘은 족발이다.

헬스장에서 보물찾기는 포기하기로 했다. 하지만 또 다른 보물을 찾았으니 그걸로 됐다. 우리나라 음식이라는 소중한 보물 말이다. 이렇게 헬스장에서는 보물 하나가 사라지지만, 또 다른 보물이 생겨난다. 생성과 소멸, 이곳에는 근엄한 우주의 이치가 담겨있다. 단지 체력을 단련하는 장소로 치부할 수 없다. 희망과 좌절, 정직과 위선, 성실과 나태, 나아가 인간사 흥망성쇠와 역사가 있는 곳, 그리고 깨달음이 있는 곳. 다시 찾을 날이 언제일지 모르겠지만, 그때까지 안녕하길. 부디 헬스장에 남은 누군가가 내가 찾지 못한 보물을 찾길 바란다.

16
너를 놓아줄 시간

덜그럭, 덜그럭. 돌아가는 세탁기 속에서 불편한 소리가 들렸다. 동전이라도 들어간 걸까. 동전이라고 하기에는 너무 큰 소리다. 세탁기를 멈추고 물속에 손을 넣어 한참을 더듬었다. 손에 잡히는 차가운 사각형 물건. 순간 등골이 오싹해졌다. 이 손에 착 감기는 그립감은 바로……, 스마트폰이었다. 세탁물을 넣다가 입고 있던 바지도 빨겠다고 훌러덩 벗어 넣었던 게 화근이었다. 물에 젖은 스마트폰을 탈탈 털어서 쌀독에 한참 넣어놨지만 이미 스마트폰은 이 세상을 떠난 후였다. 영영 전원은 켜지지 않았다.

어쩌다 그렇게 주의성 없이 스마트폰을 세탁기 안에 넣었던 걸까. 대충이라도 주머니를 한 번 만져봤더라면 이럴 일은 없었을 텐데……. 세탁기에 바지를 넣던 상황을 계속 돌이켜 회상했다.

무엇보다 속이 쓰렸던 것은 아직 내야 할 기기 할부금이 반이나 남았다는 사실이었다. 그동안 돈 아낀다고 참아왔던 것들이 하나씩 떠올랐다. 큰맘 먹고 간 참치 횟집에서 살코기 위주의 저렴한 메뉴와 기름이 좌르르 흐르는 뱃살이 (소량) 첨가된 코스 메뉴 사이의 만원이라는 차이를 끝내 극복하지 못하고 결국 살코기로만 배를 채웠던 일, 결혼식 축의금을 출금하는데 ATM 출금 수수료 천원을 아끼려고 근처 은행을 헤매다가 정작 결혼식에 늦어서 식권을 받지 못한 일이 떠올라 서러움이 복받쳐 올랐다. 말년 정기휴가에 붙여서 쓰겠다고 포상 휴가를 아껴왔지만, 북한의 도발 때문에 휴가가 날아가 버린 말년 병장이라면 나의 심정을 이해할 수 있을까. 지금 드는 생각은 이뿐이다. '아, 이럴 줄 알았으면 아끼지 말걸⋯⋯.'

한참 시무룩해 있자, 동생이 "대체 무슨 일이길래 그렇게 슬퍼하느냐"라고 물었다. 나는 흐르는 눈물을 훔치며 "스마트폰을 그만 물에 빠뜨렸다"라고 대답했다. 그 순간 동생의 얼굴에 살기가 스쳤다. 내 동생으로 말할 것 같으면, 평소 나의 실수를 용납하는 법이 없으며, 일말의 연민도 없이 비난을 퍼붓는 무자비한 인간이다. 그래서 지레 겁을 먹고 도망가려는데, 갑자기 사람 좋은 미소를 보이며 "그럴 수도 있지."라고 하는 것이 아닌가. 나는 순간이 녀석이 뭘 잘못 먹고 정신이 나간 것이 아닌가 하여, "대체 왜그러느냐"라고 물었고, 동생은 다시 사람 좋은 미소를 지으며, 대답 대신《놓아버림》이라는 책을 내밀었다.

대체 무엇이 그를 이렇게 바꿨단 말인가. 궁금해 견딜 수가 없어 책을 폈다. 내용인즉슨 이렇다. "부정적 감정 역시 에너지이기 때문에 내버려 두면 언젠가는 소멸하게 된다. 그러니 감정에 반응하지 말고 놓아버려라." 하지만 사람은 보통 후회하고 자책하며 감정에 반응한다. 그렇게 부정적 감정을 점점 더 키운다. 상처가 나면 생채기를 괜히 건드리며 아픔을 느끼는 행동과 비슷한 심리일까.

머리를 비우고, 그대로 감정을 놓아버렸다. 그렇게 몇 시간이 지나고 나니, 정말 거짓말처럼 감정이 잦아들었다. 이제 스마트폰이 망가졌다는 사실을 받아들였다. 나는 깨달음을 얻은 석가모니의 심정으로 동생에게 감사를 전했다.

"고마워, 이 책 덕분에 평온을 찾았어. 그나저나 새로 나온 ○○폰이 얼마라지?"

이제는 크리스마스 선물을 고대하는 어린아이처럼 설렘이 가득 차올랐다. 가만있자, 갑자기 너무 기분이 좋은데? 생각해보니, 이 평안함은《놓아버림》의 기술 덕이 아니라, 어디까지나 새 스마트폰을 살 생각 때문이었다. 아무래도 내가 방금 두 번째 깨달음을 얻은 것 같다. 부정적 감정을 이겨내려면 다른 것을 집어 들면 된다. 이른바〈집어버림〉의 기술인데, 꼭 통장의 잔고를 확인하고 활용하길 바란다.

17
악마를 보았다

이제 막 고등학교를 졸업한 스무 살 때였다. 왜곡된 입시제도와 강요된 몰개성에 반란이라도 일으키고 싶었던 걸까. 해방감을 만끽하던 나는 빈티지 패션왕을 자처하기에 이르렀다. 물 빠진 티셔츠와 다 찢어진 청바지를 입고, 거기에 정체 모를 체인을 주렁주렁 달고 다니며 자유로움에 한껏 도취되었다. 하지만 결정적인 것 하나가 빠져있었다. 바로 수염이었다.

수염은 빈티지의 필수요소였다. 하지만 내 뽀얀 인중에는 솜털만 가득했다. 수염만 기를 수 있다면 악마에게 영혼이라도 팔 기세였다. 그리고 거짓말처럼 악마의 속삭임을 들었다. 수염을 나게 해주는 일본제 연고가 있다는 정보였다. 수소문 끝에 연고를 구했다. 몇 달을 하루도 빠짐없이 매일 발랐다. 내 인생에 무언가

를 꾸준히 한 것이 아마 그게 처음이었을 것이다. 이제 곧 굵은 수
염을 가질 수 있다며 기뻐했다. 악마의 그림자가 드리운 줄도 모
르고⋯⋯.

십수 년이 흐른 뒤, 나는 직장인이 되었다. 며칠 전, 회사에서
단체 사진을 찍었는데, 아무리 봐도 내 얼굴을 찾을 수 없었다.
그 대신 맨 뒷줄에서 활짝 웃고 있는 아저씨가 눈에 띄었다. 면도
를 하지 않았는지 입가가 거뭇한 것이 어딘가 친근한 느낌이 들
었다. '어디서 본 사람이었더라.' 생각하다가 고개를 들었다. 사
무실 창문에 비친 내 모습이 보였다. 그리고 사진을 떨어뜨렸다.
사진 속 아저씨는 바로 나였다.

뽀얀 인중은 동안의 필수요소였다. 하지만 내 인중에는 철사만
큼 꼿꼿한 수염이 가득했다. 수염만 없앨 수 있다면 악마에게 영
혼이라도 팔 기세였다. 그리고 역시 악마의 속삭임을 들었다. 회
사 앞 피부과의 제모 시술이 저렴하다는 정보를 입수한 것이다.
일말의 고민도 없이 피부과로 달려갔다.

피부과에 들어갔다. 간호사가 제모 5회 이용권을 끊으라고 했
다. 놀이공원도 아니고 굳이 5회권을 판매하는 이유가 무엇일까.
이런들 어떠하고, 저런들 어떠하겠는가. 동안이 된다는데. 피부과
대기실에 앉아 '너무 어려 보여 고등학생으로 오해받으면 직장생
활 하기 곤란한데⋯⋯.'라며 되지도 않는 걱정을 하며 혼자 킥킥

웃었다. 악마가 날 향해 웃고 있는 줄도 모르고……

진료실에 들어갔다. 나는 "수염 제모를 하려고 왔습니다."라고 말했고, 의사는 "왜요?"라고 물었다. 나는 수줍게 답했다. "도…… 동안이 되고 싶어요." 의사는 잠깐 한심하다는 표정을 짓더니, "괜찮으시겠어요?"라고 물었다. 왜냐는 내 질문에 의사는 "아플 거예요."라고 말했고, 나는 괜찮다고 대답했다. 그 이후로 의사는 세 번 더 말했다. "이거 진짜 아파요." 이쯤 되니 상당히 불안해졌다.

나는 시술실 침대에 누웠고, 간호사가 눈동자만 겨우 가릴 만큼 작은 고무 안경을 눈에 올렸다. 옆에서 레이저 기계가 '위-잉' 굉음을 내며 작동하기 시작했다. 왜인지 악마의 웃음소리처럼 들렸다. 그제야 깨달았다. 아차, 또 악마의 꾐에 넘어가고 말았구나! 하지만 때는 늦었다. 파팍! 하는 소리를 내며 레이저가 내 턱에 내리꽂혔고, 그와 동시에 내 몸도 튀어 올랐다. 소금구이 팬에 갇힌 새우들만이 내 고통을 이해할 수 있으리라.

눈물샘이 인중에 있었던가. 어찌 된 일인지 눈물샘이 고장 나 버렸다. 꽉 막혀버린 변기처럼 눈물이 넘쳐흘렀다. 나도 모르게 의사의 멱살을 잡을 뻔했지만 그만두었다. 그는 역할을 다 했다. 거듭된 경고에 괜찮다고 말한 것은 나였으니, 누구를 원망하리.

너덜너덜해진 정신을 추스르고, 터덜터덜 나가려고 하는데 간호사가 나를 붙잡고 말했다. "5회 이용권에서 1회 차감해 드릴게요." 나는 걸음을 멈췄다. 5 빼기 1은 4. 적어도 네 번은 더 해야 한다. 그제야 5회 이용권만 판매하는지 이유를 깨달았다. 그렇게 하지 않으면 더 이상 오지 않을 것이기 때문에. 그렇게 되면 값비싼 레이저 제모 기계의 본전을 뽑을 수 없기 때문에.

그로부터 2주가 지났다. 고통만큼 효과는 확실했다. 출근길에 엘리베이터에서 마주친 선배가 내 얼굴을 유심히 보더니 말했다. "어, 조 대리 얼굴이 되게 밝아졌다?" 나는 웃으며 말했다. "제모했거든요." 선배는 관심을 보였고, 친절히 조금 더 설명했다. "회사 앞에 피부과에서 하는데요. 점심시간에 10분이면 해요." 선배는 언젠가 들었던 적이 있다며 말했다. "근데 그거 되게 아프다던데." 나는 활짝 웃으며 말했다. "참을 만해요."

선배는 엘리베이터에서 내리며, "나도 제모해야겠다."고 말했다. 나는 엄지를 치켜올리며, 닫히는 엘리베이터 문 사이로 "강추! 강추!" 따위의 말을 던졌다. 엘리베이터는 다시 올라가기 시작했다. 엘리베이터 문에 내 얼굴이 흐릿하게 비쳤다. 악마를 보았다.

18
나는 언제쯤 읽힐 수 있나요?

회사에서 전 직원에게 책을 한 권씩 나눠 주었다. 두께가 5cm 는 되어 보이고, 무게도 상당하다. 내용을 보아하니, 변화와 혁신 에 대한 경영서적이다. 우리 회사에 변화와 혁신이 필요하다고 생 각하고 돈을 들인 모양이다. 이런 회사의 노력이 가상하지만, 변 혁이 직원들에게 책 한 권씩 나누어 준다고 이뤄질 수 있는 것인 지는 잘 모르겠다. 과연 직원들이 이 책을 읽기는 할까? 나는 이 책을 읽을까?

내가 이래 봬도 책을 꽤 좋아하는 편이다. 손에 책을 들고 다 니면 어딘가 교양인이 된 듯한 기분을 만끽할 수 있다. 특히 출 퇴근 시간 지하철에서 모두가 스마트폰을 쳐다보고 있을 때, 사락- 사락-하는 책장 넘기는 소리를 들려주면 '어머나 세상에, 저 사람 책 읽는 모습이 너무 멋진걸?'이라고 생각하는 사람도 있(을지도 모른)다.

방금 것은 농담이고, 책을 좋아하는 진짜 이유는 따로 있다. 이런 말은 조금 낯간지럽지만, 그것은 작가의 정성이다. 책을 읽다 보면 활자가 꾹꾹 눌려 담겨있는 모습에 마음이 든든해질 때가 있다. 마치 허기진 배를 붙잡고 집에 들어갔는데, 어머니가 꾹꾹 눌러 담으신 흰 쌀밥을 발견한 기분이랄까. 그 밥은 대충 퍼 담은 밥이 아니라, 배고픈 아들이 맛있게 먹는 모습을 상상하며 담은 사랑 그 자체다. 그런 어머니의 마음이 느껴지는 책들이 있다. 작가가 이 문장을 이렇게나 정성스레 적었구나, 하는 생각이 들어서 몇 번이고 문장을 곱씹기도 한다.

안타깝게도 오늘 회사에서 받은 책에서는 그런 감동을 느낄 수 없었다. 하지만 대충 쓴 책이라는 게 아니다. 감동이란 독자와 저자가 같은 테이블에 앉았을 때 튀는 불꽃 같은 것. 저자는 산고 끝에 이 책을 낳았을 테지만, 경영학에 관심이 없는 나로서는 테이블에 쉽사리 앉지 못했다. 그 책은 그저 크고 무거운 종이 뭉치에 불과하게 되어 버렸다.

그렇다고 이 값비싼 책을 내버려 두는 것은 예의가 아닌바, 다른 쓰임새를 고민하기 시작했다. 내용이 어려운 만큼, 아까 말했던 교양인 코스프레에는 이 책이 제격이다. 그래서 손에 들고 지하철에 탔으나, 너무 크고 무거운 탓에 사람이 붐비는 출근길 지하철에서는 뽐낼 수가 없어 포기했다.

다른 쓰임새는 없을까. 아, 내용이 따분한 만큼 잠이 오지 않을 때는 이 책이 제격이다. 매일 밤을 뜬눈으로 지새우던 불면증 환자도 이 책만 펴면 단숨에 기절하는 마술을 보여줄 것이다. 하지만 아쉽게도 내 뒤통수에는 전원 스위치가 있는 것인지, 바닥에 머리만 대면 잠에 빠지기 때문에 필요가 없다.

결국 적절한 쓰임새를 찾지 못했다. 가만. 내가 필요하지 않다면, 필요한 사람을 찾으면 되는 일이 아닌가. 주인을 잘못 만난 책만큼 안타까운 일이 또 있을까. 책 한 권이 가진 철학과 통찰은 결코 작지 않다. 만약 이 책이 올바른 곳에서 빛나지 못한다면, 작가는 속상할 것이고, 책 주인은 찝찝할 것이고, 회사는 돈이 아까울 것이다. 어느 누구 한 명도 행복하지 못한 이 상황을 해결해야 한다. 그래서 책을 팔기로 했다. 나는 사명감을 가지고 '중고나라'에 접속했다.

……라는 것이 두 달 전의 일이다. 하지만 아직까지 책은 팔리지 않았고, 여전히 내 책꽂이에 꽂혀 있다. 어쩌다 눈에 띄면 마음이 무거워져 재빨리 시선을 피한다. "나는 대체 언제 읽힐 수 있나요?"라고 애처롭게 쳐다보고 있는 것 같아서 말이다. 나는 차

마 "너를 원하는 사람이 없어."라고 말하지 못하겠다. 그렇다고 동정심에 억지로 읽는 것도 책에게나 나에게나 못 할 짓이다. 아아, 책을 나눠준 회사가 원망스럽다. 그러니까 책 선물은 아무렇게나 하는 게 아니다.

※이 책은 얄팍하고 가볍기 때문에 냄비 받침으로 제격일 겁니다. 부디 어디에든 사용해주세요.

19
평등의 전쟁터에서

온라인 커뮤니티에 싸움판이 벌어졌다. 주제는 TV 음악 경연 프로그램. 이천 명의 지원자가 치열하게 경쟁했고, 단 여섯 명만이 남았다. 여섯의 색깔은 모두 달랐고, 그만큼 팬들도 확연히 갈렸다. 사람들은 누가 좋고, 누가 싫은지 아주 분명하게 표현했다. 평화는 거기까지였다. 갑자기 서로의 음악적 수준을 운운하더니, 결국에는 얼굴도 모르는 상대에게 가족의 안부를 물었다. 개싸움이 되는 순간이었다.

온라인에서는 늘 싸움이 일어난다. 한 싸움이 끝나면 곧 다른 데서 싸운다. 주제는 중요치 않다. 연애, 결혼, 직장, 우정, 여행, 취미, 온갖 주제로 싸운다. 심지어 서울 맛집을 추천해달라는 글에서도 싸운다. "어디 냉면이 맛있더라"라고 댓글이 달리면, "거기

냉면 맛있다고 하는 사람 이해가 안 된다"라는 댓글을 달고 싸움을 시작한다. 가히 전투민족이라고 할 만하다. 우리나라는 예로부터 외국을 침략한 적이 없는 평화 민족이라고 배웠지만, 아이러니하게도 지구에 몇 없는 분단국가다. 집 밖에서는 싸우지 않지만, 집 안에서는 싸운다.

하지만 마냥 온라인 커뮤니티를 전쟁터로 치부할 수는 없다. 누군가는 익명성이 곧 폭력성을 키운다고 우려하지만, 오히려 그것은 모두를 평등하게 만든다. 그곳에는 그 어떤 권력 관계가 없다. 그렇기에 대기업 총수와 말단 계약직 사원이 맞대결을 펼칠 수 있는 유일한 장소가 된다.

하지만 현실세계는 어떤가. 모든 관계는 철저하게 갑과 을로 형성된다. 갑의 말의 말을 개소리 같다고 했다가는 개에게 물리는 수가 있고, 갑에게 (촛불처럼) 꺼지라고 했다가는 촛농에 사정없이 데이는 수가 있다. 그러니까 을은 참을 수 밖에 없다. 이런식으로 조용히 굴러간다. 하지만 조용하다고 해서 문제가 없다고 할 수는 없다. 염증처럼 한참 곪으면 반드시 터질 때가 오는데, 그때가 문제다.

그러니까 진짜 문제는 익명성이 아니라, '비수용성'이다. 모든 싸움은 상대의 의견을 묵살하는 데에서 시작된다. 쉽게 말해 '꼰대'가 문제다. 오늘, 음악 경연 TV 프로그램에 대한 싸움에도 이를

꿰뚫어 본 어떤 이가 있었다. 그는 이렇게 댓글을 남겼다.

좋다고 말하면 정상.
싫다고 말하면 정상.
좋은 거 이해 안 된다고 말하면 꼰대.
싫은 거 이해 안 된다고 말하면 꼰대.

그렇다고 싸우던 이들이 자신의 어리석음을 깨닫고 고개를 숙이며 자아 성찰을 하는 기적은 일어나지 않았다. 그들은 하던 싸움을 계속했다. 댓글은 지칠 줄 모르고 달렸다. 댓글에 대댓글이 달리고, 온갖 조롱과 모욕이 오갔다. 그 댓글 총탄이 날아다니는 '전쟁터'에서 나는 생각했다. '현실 세계가 익명이었더라면 인류는 전멸했을지도 모른다.'

20
서울 서울 서울

벌써 한 달째, 이사 갈 전셋집을 찾아 헤매고 있다. 주말마다 애타게 찾고 있지만 어디에 숨은 것인지 좀처럼 인연을 만나지 못했다. 5년 동안 살았던 정든 집을 떠나는 것은 섭섭하지만, 이는 최고의 주거 조건에 한 걸음 다가가기 위함이다. 그 조건이란 바로 '짧짧익선'. 즉, 통근 시간은 짧으면 짧을수록 좋다는 것이다.

지금 사는 집이 직장과 먼 것은 아니다. 집 현관에서 출발해 사무실 의자에 앉는 데까지 걸리는 시간은 25분이다. 한 시간이 넘는 시간을 통근하는 직장인이 수두룩한 서울에서 이 정도면 매우 좋은 조건이다. 하지만 이동 시간에 있어서는 유난스러운 나는 이 정도로 만족할 수 없다.

여기서 내 은밀한 취미를 소개하지 않을 수 없는데, 그것은 최단 거리를 찾는 즐거움이다. 평소 걸어 다닐 때도 늘 최단 거리를 연구한다. 만약 '우회전 → 30미터 직진 → 좌회전'의 상황이라면, 의식적으로 정확한 대각선으로 30미터를 이동해 최단 거리를 이룬다. 물론 커브를 틀 때는 모서리에 바짝 붙어서 걷는다. 별것 아닌 것 같아도 상당한 시간을 줄일 수 있다. 내 친구는 이런 내 모습을 보고 "미친X"이라고 말하지만, 나는 거리에 쏟는 시간이 아깝다. 편의점 ATM의 출금 수수료보다 아깝고, 인터넷에서 천 원짜리 물건 사느라 지불하는 이천오백 원의 택배비보다 아깝다. 돈은 벌면 되지만, 시간은 다시 벌 수 없기 때문이다. (물론 다시 벌 수 없는 돈이라면 이야기는 다르다.)

긴 통근 시간을 좋아하는 사람은 없지만, 정작 1시간이 넘는 시간을 길에 쏟는 사람이 상당히 많다. 1시간쯤은 괜찮다고 할 수도 있겠지만 그것도 쌓이면 만만찮다. 출근 1시간, 퇴근 1시간이면 하루 2시간, 일주일이면 10시간이고, 한 달이면 40시간이고, 일 년이면 480시간이다. 일(日)로 환산하면 1년에 20일을 땅바닥에 쏟아 버리는 꼴이다. 매일 아침에 늦잠 1시간이 그렇게 간절하면서 말이다.

물론 직장과 집이 가깝다고 다 좋은 건 아니다. 너무 가까우면 퇴근해도 퇴근한 것 같지 않을 수 있고, 주말에도 회사에 출근한 것 같은 짜릿한(?!) 기분을 만끽할 수 있다. 게다가 직장이 서울이라면 무엇보다 치명적인 단점이 있는데, 그야말로 미친 집값 때문에 덩달아 미쳐버릴 수 있다는 것이다. 나 역시 부동산에서 시세를 듣고는 정신을 놓을 뻔했다. 놀라 벌어진 입을 다물지 못해서 마시던 커피를 줄줄 흘려버렸다. 바닥에 떨어진 커피 방울들을 닦다가 깨달았다. '아! 이 한 방울의 커피에도 카페 임대료가 다량 함유되어 있구나.' 그러고 보니 회사 근처에서 조악한 점심밥에 사악한 금액을 지불하면서 구시렁대곤 했는데, 그동안 내가 먹었던 것은 한 끼 식사가 아니라 서울에 사는 대가였다.

그렇다면 왜 서울에 사는가. 생각이 흐르다 이 질문에 이르자, 문득 선배 K가 생각났다. 얼마 전, 선배 K는 서울에 아파트를 구매했다. 너도나도 내 집 마련의 꿈을 이룬 것을 축하했지만, 정작 그의 얼굴에는 근심이 어려 있었다. 이야기를 듣자 하니 너무 큰 돈을 대출받았는데, 갚을 생각을 하니 까마득하더라는 것이었다. 그의 고향에선 같은 돈이면 평수 큰 고급 아파트에 자동차까지 살 수 있었다. 단지 서울에 산다는 것만으로 너무 큰 대가를 치러야만 하니, 이 선택이 옳은 것인지 헷갈리기도 한다고 했다. 하지만 서울을 떠날 생각은 없다고 했다.

우리는 왜 서울을 떠나지 못할까. 이유는 단순하다. 직장이 서울에 있어서. 친구들도 서울에 있어서. 떠나면 분명히 외로워질 것이다. 동네 단골 식당의 아귀찜도 먹을 수 없고, 주말마다 가던

도서관도 갈 수 없고, 좋아하던 홍대의 옷가게도 갈 수 없다. 아
아, 생각만 해도 쓸쓸하다. 어쩌면 우리는 고독이 두려워 떠나지
못하는 것일지도 모른다. 정붙였던 모든 것으로부터 떠나 새로운
것과 친해지는 과정이 쉬이 엄두 나지 않는다.

　서울은 이런 우리를 너무나 잘 알고 있다. 그러니까 쉽게 떠나
지 못하도록 매력을 뿜어내는 것이다. 1988년, 조용필은 노래 〈서
울 서울 서울〉을 발표했다. 그 역시 서울의 팬이었으리라. 비록 그
때의 서울과 지금의 서울은 풍경(도 풍경인데 특히 집값)이 많이
다르지만, 매력만은 여전하다. 서울의 마수에서 벗어날 수 있는 그
언젠가를 기약하며…….

　　서울 서울 서울 아름다운 이 거리
　　서울 서울 서울 그리움이 남는 곳
　　서울 서울 서울 사랑으로 남으리
　　워 워 워 Never forget. Oh my lover, Seoul…….

21
힙스터의 진화

소설가 마루야마 겐지는《인생 따위 엿이나 먹어라》에서 이렇게 말했다. "직장인은 노예다." 나는 한때 그의 과격한 발언에 공감하며, 이제는 노예 생활을 청산해야 한다고 목청껏 떠들었다. 하지만 그것은 마루야마 겐지 정도 되는 사람만이 할 수 있는 이야기라는 것을 깨달았다. 1966년, 그는 다니던 회사가 어려워지자 퇴사를 하고 소설《여름의 흐름》을 쓴다. 그리고 이듬해, 그 소설로써 일본의 대표적 문학상인 '아쿠타가와상'을 수상한다. 대충 봐도 범인의 재능이 아니다. 그러니 그런 말을 할 수 있는 것이다. 본인에게나 해당되는 이야기를 모두에게 떠들다니, 오지랖도 넓다.

위로가 될지 모르겠지만, 그와 같은 재능이 없다고 해도 낙담

할 것은 없다. 노예라고 해서 꼭 나쁜 것만은 아니기 때문이다. 직장인은 비록 남의 일을 하지만, 한편 내 일이 아니니 마음이 편하다. 매일 같이 출근 도장을 찍어야 하지만, 한편 출근 도장만 찍으면 월급이 나온다. 회사는 내가 없어도 잘만 돌아가지만, 그렇기 때문에 며칠쯤 쉬어도 괜찮다. 눈치챘겠지만 나는 직장생활에 꽤 만족하고 있다. 요즘 같은 불경기에 매월 잊지 않고 돌아오는 월급과 때가 되면 떠날 수 있는 휴가가 얼마나 소중한 것인지 절감하기 때문이다. 월급과 휴가. 이것만 있다면 행복한 노예 생활이 가능하니 딱히 나쁠 것이 없다.

그런 의미에서 지난주는 최고였다. 월급을 받는 동시에 휴가를 다녀왔기 때문이다. 속초에 가서 난생처음으로 서핑(을 멋지게 하고 싶었으나 그저 파도에 휩쓸려 다니기)도 하고, 바다 한 그릇을 먹었다는 표현이 딱 어울리는 물회도 먹었다. 그리고 인스타그램(Instagram)에서 유명하다는 '힙(Hip)'한 카페도 가봤다. 폐업한 조선소의 정체성을 보존하면서도 현대적인 멋을 입혀 재탄생시키는, 이른바 재생 건축을 한 곳이었다. 당시에 사용하던 간판이나 공구들이 그대로 있어 당장이라도 인부들이 들어올 것 같은 기분마저 들었다. 가히 시간을 초월한 공간이라고 할 수 있었다.

그곳엔 많은 '힙스터(Hipster)'들이 모여들었다. 〈네이버 지식백과〉에 따르면, 힙스터의 사전적 정의는 이렇다. '1940년대 미국에서 시작된 개념으로써 유행에 따르지 않고 고유한 패션과 음악 문화를 좇는 부류.' 그들은 고유한 문화를 향유하기 위해 그곳에 온 것이다. 보아하니 문화를 즐기는 유일한 방법은 오로지 사진뿐인 듯하다. 쉬지 않고 사진을 찍는다. 바다를 배경으로 해서 커피잔을 찍고, 무심하게 커피를 홀짝거리는 모습을 찍고, 조선소 앞에서도 포즈를 취하고 찍는다. 그리고 아마 '인스타그램'에 사진을 올릴 것이다. 그곳은 그렇게 핫 플레이스가 된다.

한편, 대한민국의 힙스터를 파헤친 책《후 이즈 힙스터》는 그들을 이렇게 묘사한다. 일본의 '무인양품' 제품들로 집안을 꾸미고, 미국의 힙스터 성지 '포틀랜드'에 대한 환상이 있으며, 자연주의 잡지 '킨포크'를 소장하고, 아침엔 '발뮤다 오븐'에 토스트를 굽는다. 가만히 읽어보면 모두가 좋아하는 아이템이다. 말하자면 유행이다.

이상하다. 유행을 따르는 힙스터라니. 〈네이버 지식백과〉의 오리지널 힙스터는 유행을 따르지 않지만, 〈후 이즈 힙스터〉의 대한민국 힙스터는 유행을 따른다. 말하자면 우리의 힙스터란 하나의 유행인 것이다. 그들은 SNS를 통해 독특한 취향을 과시했지만, 사실 그들이 스스로 결정한 취향은 아무것도 없다. 유행이 결정해준 대로 휘둘렸을 뿐이다. 말하자면, "힙스터는 노예다."

어딘가 익숙한 문장이다. 아차, 이것은 서두에 언급했던 마루야마 겐지의 오지랖이 아니었던가. 나 또한 힙스터를 향해 오지랖을 부리고 나니, 마루야마 겐지의 심경을 이해하게 되었다. 내가 힙스터의 표리부동을 꼬집었을 뿐이듯, 그 역시 직장인의 비 주체성을 지적했을 뿐이다. 내가 힙스터의 명암을 따지고 말한 것이 아니듯, 그 역시 직장인의 장단점이 무엇이든 상관하지 않았을 것이다. 내가 딱히 힙스터의 각성을 바란 것이 아니듯, 그 역시 직장인에게 특별한 변화를 기대하진 않았을 것이다. 단지 그냥 그렇다는 이야기였을 뿐이다. 그러니까 무시해도 좋다는 말이다. 노예든 뭐든 만족하면 장땡이다. 표리부동이니, 비 주체성이니…… 알 게 뭐람.

22
침입자

그날 역시 야근이었다. 밤 열한 시가 다 되어 집에 돌아왔다. 저녁은 구내식당에서 먹었던 터라, 위 속은 청소차가 지나간 아침 거리처럼 깨끗이 비워진 지 오래다. 구내식당은 대체 어떤 재료를 사용하기에 이렇게 금방 배가 꺼지는 걸까. 아무리 배불리 먹어도 두 시간이면 배가 텅 빈다.

배는 고프지만 내일 출근을 위해서 바로 잠자리에 들어야 한다. 일단 침대에 누웠다. '위-잉.' 적막 속에 냉장고가 열심히 돌아갔다. 냉장고는 자신이 품은 식자재를 신선하게 유지하기 위해서 밤낮없이 일한다. 그러다 돌연 냉각기 돌아가는 소리가 뚝 끊겼다. 잠시 쉬는 시간인가보다. '꼬르륵-.' 이번에 적막을 깬 것은 내 위의 비명이었다. 하지만 무시하고 다시 잠을 청했다.

도저히 배가 고파 잠이 오질 않았다. '위-잉.' 마침 냉장고는 다시 냉각기를 돌렸다. 자신에게 어떤 음식이 있는지 한 번 보라는 유혹처럼 들렸다. 못이기는 척 냉장고를 열었다. 어제 산 계란 열 알, 방울토마토 그리고 양배추가 있었다. 대충 요기만 하려고 방울토마토를 집었다. 그리고 냉장고 문을 닫으려는데, 하필이면 병맥주가 눈에 띄었다. 오, 신이시여. 하필이면 왜 지금인가요.

냉장고에서 계란을 꺼냈다. 찬장에서 햄도 꺼냈다. 국그릇에 계란을 풀고, 잘게 썬 햄을 섞었다. 달궈진 프라이팬에 계란을 붓고 냉동실에서 모짜렐라 치즈를 꺼내 뿌렸다. 그리고 계란을 접어 나갔다. 메뉴명 '아닌 밤중에 치즈 계란말이'. 완성됐다.

차가운 맥주는 투명한 유리잔에 따르고, 치즈 계란말이 위에는 케첩을 듬뿍 뿌렸다. 접이식 소반을 펴고 TV 앞에 진을 쳤다. 모든 준비는 끝났다. 이제 필요한 것은 시간을 잊는 것뿐이다. (……) 아뿔싸. 정신을 차려보니 빈 맥주병 세 개가 나란히 서 있었다. 흠칫 놀라 시계를 살폈다. 새벽 한 시 십오 분. 오늘도 늦어버렸다. 사실 어제도 야식을 먹다가 새벽 두 시가 넘어서야 잠자리에 들었다. 사실은 그저께도…….

요즘 계속 야식을 먹는 이유는 단순하다. 야근 때문이다. 일 때문에 지쳐서 바로 잠에 곯아떨어질 법도 한데, 집에 오면 어찌 된 일인지 단전 깊숙한 곳에서부터 에너지가 샘솟는다. 아니, 에너지라고 할 수 있을까. 이미 몸은 마른오징어처럼 비쩍 마른 기분이다. 이것은 이대로 잠들 순 없다는 오기에 가깝다. 그리고 야심한 밤에 오기로 할 수 있는 것이라고는 먹는 것뿐이다. 하지만 먹어서 좋은 것은 배부른 것뿐이다. 내일 힘들어지는 것은 나뿐이다. 결국 남는 것은 후회뿐이다.

결국 찝찝한 기분으로 욕실로 향했다. 야밤의 샤워는 유난히 오래 걸린다. 구석구석 꼼꼼하게도 씻게 된다. 그러면 더러워진 기분도 깨끗해질까 여기는 걸까. 이제 와서 새로운 출발을 다짐한다. 하지만 자고 나면 밤의 다짐 따위는 꿈보다도 희미해질 것이다. 어제까지도 이런 레퍼토리였다. 오늘도 아마 그럴 것이다.

욕실 불을 켰다. 나는 "악!"하고 소리를 질렀다. 화장실에 낯선 남자가 서 있었다. 키는 그리 크지 않았지만, 꽤 살이 쪄 덩치가 있었다. 그리고 덩치에 어울리지 않는 겨자색 신발을 손에 들고 있었다. 나는 조심스레 물었다. "누구세요?" 그는 대답했다. "나는 죄책감의 정령이다." "네? 누구요?" "죄책감의 정령."

저 덩치에 정령이라니……. 어쩐지 오타쿠 같이 생겼다 싶었다. 보아하니 일본 만화에 빠져 살다가 현실감각을 잃은 인간이 내 집에 무단 침입한 듯하다. 그가 무슨 일을 저지를지 몰라 두려웠지만, 집에서 내보내는 것이 우선이었다. 나는 차분하게 말했다. "경찰에 신고하지 않을 테니, 집에서 나가주세요." 그는 답했다. "그럴 순 없어." 당황스럽게도 단호한 목소리였다.

　화장실에서 그와 대치했다. 그는 화장실 안에 있었고, 나는 화
장실 문에 걸쳐 서 있었다. 만약 위치가 바뀌었다면 그 자리에서
울었을지도 모른다. 방어 도구가 될 만한 것들은 내 쪽에 있었고,
여차하면 뛰쳐나가면 됐다. 그게 용기가 되었을까. 다시 한번 말
했다. "나가세요." "얼른 씻고 자라." 나는 귀를 의심했다. "뭐요?"
"얼른 자라고." "이봐요. 당신이 나가야 자든 말든 할 거 아니에
요." "그럼 갈게. 대신 바로 자라."
　그는 정말로 화장실 밖으로 나왔다. 나는 뒤로 물러나 그가 나
가는 모습을 멍하니 바라봤다. 그는 손에 들고 있던 겨자색 신발
을 사뿐히 내려놓더니, 현관문으로 나갔다. "띠리리리." 현관 도
어락이 잠기는 소리를 듣고서야 그 자리에 주저앉았다. 저 사람
은 대체 뭐였을까. 어떻게 그리고 왜 내 집에 들어온 걸까. 아무리
생각해도 이해할 수 없었다.

　'띠리리링-, 띠리리링-'
　알람 소리에 화들짝 잠에서 깼다. 아, 꿈이었구나. 가슴을 쓸어
내렸다. 죄책감의 정령이라니. 개꿈도 이런 개꿈이 없다. 그 내용
이 너무 황당해서 실없는 웃음이 나왔다. 출근 준비를 하려고 침
대에서 스르륵 빠져나와 욕실로 향했다.

오늘은 컨디션이 좋다. 어제 일찍 잠자리에 들었다. 얼마 전까지만 해도 생활습관이 꽤 좋지 않았다. 야근을 거듭하면서 날마다 야식을 먹었고, 잠도 새벽이 되어서야 잤다. 자연스레 살이 쪘다. 턱은 두 개가 되었고, 뱃살이 두둑해졌다. 점점 무기력해지고 죄책감에 시달렸다. 하지만 2주 전부터 마음을 고쳐먹었다. 야식을 끊었고, 일찍 자기 시작했다. 내 생활에 변화는 그것뿐인데도 아주 몸이 가볍다. 옛말에 잠이 보약이라더니, 정말이다.

출근 준비는 모두 끝났다. 가방을 들고 현관으로 나섰다. 신발장에서 2주 전에 산 겨자색 신발을 꺼냈다. 야근 후의 퇴근길, 신발 가게 옆을 지나다가 이 신발이 이상하게 눈에 밟혀 충동 구매했다. 비싼 신발은 아니지만 꽤나 발이 편하다. 이런 표현은 식상하지만, 구름 위를 걷는 기분이랄까. 오늘도 좋은 하루가 될 것 같다.

101

23
소설가적 삶에 대한 연구

1. 연구 배경

어떻게 살 것인가. 이것은 인류의 최대 난제다. 화성 식민지화나 시간 이동 역시 난제라 할 만하지만, 규모 면에서 여기에 비할데가 못 된다. 세기의 철학자부터 동네 세탁소 주인아저씨까지 이문제를 풀기 위해 고민하지 않는 이가 없으며, 오늘 하루만 해도이 질문은 인구의 수만큼 던져졌을 것이다.

나 역시 그중 하나다. 오늘도 그런 고민을 했다. 다섯 번째 보고서 수정에 회의감이 들었기 때문이다. 보고서 작성에는 묘한 법칙이 있는데, 1차 보고에서 퇴짜를 맞아 빼버린 내용은 5차 보고서쯤에 다시 들어가게 된다는 것이다. 그럼 결국 1차 보고서와 같은 내용이 되는데, 놀랍게도 "음, 이제 좀 말이 되네."라는 피드백을 받게 된다. 나는 이것을 '보고서 부메랑의 법칙'이라고 부른다. 그렇게 돌아온 부메랑에 뒤통수를 가격당하고 인생에 대해 고민하기 시작한 것이다.

2. 사례 연구 : 소설가의 삶

나는 평소 (어딘지 한가해 보이는) 소설가의 삶을 동경해왔기 때문에 성공한 소설가부터 관찰했다. 대표적인 몇 소설가에게서 공통점을 발견했는데, 당혹스러움을 감출 수 없었다. 좀 생각이 없다고나 할까……. 그들은 정교하게 짜인 계획 또는 목표 안에서 움직이는 법이 없었다.

소설가 김연수는 단지 쓰다 보니 소설가가 되어 있었을 뿐이라고 했고, 무라카미 하루키 역시 재즈바를 하면서 소설을 써볼까 생각한 것이 시작이었으며, 마루야마 겐지는 다니던 회사가 부도 위기에 처해서 별수 없이 소설을 쓰기 시작했다. 이런 말 하기는 좀 죄송하지만, 하나 같이 생각 없는 인간이었다. 대학 다니며 공부는 하지 않고 소설이나 쓰는 팔자 좋은 인간이 어디에 있으며, 20대 중반에 덜컥 결혼하고 빚을 내서 재즈바를 여는 대학생은 무슨 생각으로 사는 것이며, 회사가 망했는데 한가로이 소설이나 쓰는 백수가 대체 가당키나 한 이야기인가. 굶어 죽기라도 하면 어쩌려고!(라고 탄식했지만, 굶어 죽기는커녕 성공을 갈구하던 사람들보다 더 성공했다. 이것이 운명의 아이러니다)

3. 대조군 연구 : 나의 삶

나로 말할 것 같으면, 감히 성실함의 아이콘이라고 할 수 있다. 중학교 때는 전교에서 세 손가락 안에 드는 우등생이었고, 전교 부회장도 했다. 반장선거 때마다 최다득표를 얻는 바람에 할 수 없이 반장을 맡아왔다는 것은 굳이 말하지 않겠다. 비록 고등학교 때 잠깐 허파에 바람이 들어 원하는 대학에 진학하진 못했으나, 이내 정신 차리고 학업에 몰두하여 명문대에 입학하기에 이른다. 꾸준히 출석하며 학점을 땄고, 열심히 공부해서 토익점수를 받았으며, 성실히 자기소개서를 써서 취업했다. 지금껏 초-중-고-대학-군대-직장이라는 모범적이고 안정적인 인생 루트를 착실히 밟아 온 덕분에 현재 대리 직급으로 성실히 일하고 있다.

이것이 내가 원했던 평가였을 것이다. 내 이야기임에도 가정법을 쓴 것은, 내가 착실히 살아온 이유를 나도 잘 모르기 때문이다. 그저 그렇게 짐작할 뿐이다. 모두가 안정적인 삶을 원했기 때문에 나 역시 원했던 것은 아닐까, 라고 말이다. 자크 라캉의 말처럼 '타인의 욕망을 욕망했던 것'이다. 하지만 현실에서는 보고서 부메랑에 맞은 뒤통수를 부여잡고 정신 차리지 못하고 있다. 그러니 직장인 다음의 삶에 대해 고민해 봐도 멍할 뿐이다. 나는 지금 아무 생각이 없다.

4. 결론

치밀한 연구 끝에 '소설가도 생각이 없고, 나도 생각이 없다'라는 결론에 이르렀다. 그럼 소설가나 나나 다를 게 없다는 말인가. 그럴 리가 없다. '생각이 없다'라는 것은 같지만, 그것이 어떤 생각인지가 다르다. 소설가에게 없던 것은 '잡생각'이고, 내게 없던 것은 '내 생각'이다. 말하자면, 소설가는 언뜻 팔자 좋은 한량으로 보이지만 잡생각 없이 소설에만 집중했고, 나는 언뜻 번듯한 사회인으로 보이지만 내 생각이 없어 어디에도 집중하지 못한 것이다.

결국 생각 없이 사는 것은 소설가가 아니라 나다. 제대로 된 삶에 대한 철학도 없이 그저 바람에 흔들리듯 이리저리 휩쓸리며 살아가고 있는 주제에 잘도 떠들었다. 부끄럽다. 하지만 내가 누군가. 초-중-고-대학-군대-직장이라는 지루하고 뻔한 인생 루트를 모두 인내해 온 노력파가 아니던가. 이제 '직장' 뒤에 '소설가' 단계를 추가하고, 역시 부단히 노력하는 일만 남았다. 문제는 부메랑에 맞은 탓인지 아직도 생각이 없다는 것인데……. 일단 직장인의 최대 장점은 때가 되면 월급이 나온다는 것이므로 천천히 생각해보기로 한다. 하지만 잡생각은 금물이다. 참 어렵다.

24
광화문 연가

※ 이 글의 시기적 배경은 남몰래 외로움을 삼키던 솔로 시절입니다.

칼 같은 퇴근은 언제나 짜릿하다. 여섯 시가 되자마자 가방을 챙겨 나왔다. 여름철이라 아직 밖이 환하다. 날이 밝으면 괜히 휴가 같은 기분이 들어 발걸음이 가볍다. 이대로 집으로 가기엔 아쉬워 광화문으로 향했다. 종종 광화문의 서점에 가는데, 그곳에는 아름다운 여성들이 많기 때문이다. 라는 건 농담(반, 진담 반)이고, 출판 트렌드로써 요즘의 화두를 알 수 있기 때문이다. 화두는 곧 판매 부수로 직결되기 때문에, 출판사는 그에 따른 책들을 쏟아낸다. 미니멀리즘이 유행하던 때는 죄다 갖다 버리라는 식의 책이 가득했고, 비트코인 바람이 대한민국을 휩쓸 때는 암호화폐에 대한 책들로 뒤덮였다. 유명인에 대한 책은 마치 매일 왕위를 계승하듯 변한다. 오바마로 뒤덮였던 매대는 반기문으로, 반기문으로 뒤덮였던 매대는 힐러리로, 힐러리로 뒤덮였던 매대는 트럼프로 바뀌는 식이다.

요즘은 '자존감'에 대한 책들이 눈에 띄게 많아졌다. 이것은 곧 자존감이 낮아 고민하는 사람들이 많다는 이야기다. 옛날에도 자존감이 낮았던 사람들은 많았겠지만, 최근에 자존감이라는 개념이 사람들에게 인지되면서 짜증, 질투, 불안, 자책의 원인에 대해 고민하는 시야를 갖게 되었다. 고무적인 변화다. 그동안 고려되지 못했던 개인의 영역에 귀를 기울이게 된 것이다.

자존감 코너로 향했다. 그곳에도 역시 아름다운 여성분들이 많았던 것은 분명 우연(보다는 본능)이었다. 그녀들을 보고 안타까움을 금치 못했다. 아니, 저렇게 많은 여인들이 낮은 자존감으로 고민하고 있단 말인가! 그녀들을 따뜻한 마음으로 보듬어 자존감을 승천 시켜 줄 수 있는 남자가 바로 옆에 있는데, 아무도 그 사실을 깨닫지 못하고 있는가. 아아, 이렇게 등잔 밑이 어둡다.

그녀들은 책을 하나씩 사 들고 밖으로 나갔다. 나는 자존감 코너에 홀로 남았다. 어쩐지 자존감이 급격히 낮아지는 기분이 들어 책을 집어 들었다. 낮아진 자존감을 얼마나 회복할 수 있을까, 하는 궁금증이 일었다. '자신을 사랑하라', '자신이 진짜로 원하는 것이 무엇인지 관심을 가져라', '당신은 사랑받을 자격이 있다', 온갖 위로의 글들은 모두 적혀 있었다. "으음……." 나는 미간을 찌푸리며 낮게 신음했다. 모두 그럴싸한 말이었지만, 공감이 되지 않았기 때문이었다. '이따위 생각만으로 자존감이 높아진다고?' 라는 생각이 들 뿐이었다. 전혀 본질에 다가가지 못하고 그저 독자들의 비위를 맞추는 데 급급한 느낌이었다.

저명한 정신과 의사인 M.스캇 펙은 《아직도 가야 할 길》에서 '정신이 건강하려면 "나는 소중한 사람이야."라는 느낌이 필수적이며, 그것은 오직 사랑으로써 가능하다.'라고 말했다. 여기서 핵심은 '느낌'이다. 자존감이란 생각이 아니라 느낌이며, 그 느낌은 혼자서 높일 수 있는 것이 아니다. 타인과 관계된 감정이기 때문이다. 누군가에게 오랫동안 사랑을 받아야만 느낄 수 있다. 그것은 '내 뒤에는 나를 사랑해주는 사람이 있다'라는 믿음, 혹은 정서적 안정감이다. 유년 시절 부모의 역할이 특히 중요한 이유다.

하지만 이제 와서 어떻게 사랑을 받을 수 있을까. 한평생 사랑받지 못한 사람이 갑자기 사랑을 듬뿍 받는 기적은 일어나지 않는다. 게다가 자존감이 낮은 사람은 방어기제로써 허세나 폭력성을 드러내곤 하는데, 그러면 주변에 사람이 사라지고, 당연히 사랑도 사라진다. 악순환의 반복이다.

그런데 사랑이 서로 주고받는 것이라는 점을 생각해보면 의외로 해법은 간단할지도 모른다. 받고자 한다면 일단 주면 될 일이다. 먼저 부모님께 사랑한다고 말하고, 모른 체 했던 동료에게 인사를 건네고, 까칠한 직장 상사에게 따뜻한 커피를 한 잔 대접하는 것이다. 그러면 언젠가부터 부모님의 잔소리는 줄어들고, 친한 동료가 많이 생기고, 직장상사도 까칠한 말투가 누그러질 것이다. 그리고 언젠가 그들이 사랑을 돌려주는 날이 오지 않을까.

아뿔싸! 문득 그 책을 구매했던 서점의 여인들이 걱정된다. 그녀들은 아직도 고민하고 있을 것이다. 그 책의 해법으로는 자존감을 회복하지 못했을 것이 분명하기 때문이다. 이제 그녀들에게 주어진 선택은 두 가지다. 첫 번째는 타인을 먼저 사랑하고, 사랑을 되돌려 받는 것이다. 그리고 두 번째는 모두에게 사랑을 준다고 알려져 있는 유일한 아가페적 인류를 만나는 것이다. 그는 종종 칼퇴근 후 광화문에 있는 서점에 출몰한다고 하니, 부디 기회를 잡기를 바란다.

25
이러다 결혼할 수 있을까

내 나이 서른셋. 결혼은 언제 할 생각이냐는 주변의 압박이 본격화되고 있다. 명절은 물론이거니와, 회사에서도 사람들이 내 결혼에 관심을 보인다. 결혼을 하든 말든 왜 참견을 하느냐고 발끈할 수 있으나, 사실 묻는 쪽도 별 뜻이 없다는 것을 잘 알고 있다. 딱히 할 말이 없을 때 이보다 훌륭한 소재가 없다. 본인이 기혼자라면 더욱 완벽하다. 경험이 있으니 우쭐대기에 딱 좋다.

선배들의 결혼 조언은 보통 이렇다. "결혼하지 마라." 전쟁영화 속 부상당한 병사가 "나는 틀렸어. 어서 도망쳐!"라고 말하는 심정일까. 그렇다면 그들에게 결혼이란 전시상황의 군대다. 자유를 억압하고, 복종을 강요한다고 여긴다. 그래서 나는 이들을 '전쟁

파'라고 부른다.

또 다른 부류가 있다면, 바로 '실용파'다. 그들은 결혼을 인생을 운용하는 데 있어 가장 효율적인 수단으로 여긴다. 그래서 "결혼할 거면 빨리 해라"라고 말한다. 그리고 자연스럽게 "애는 낳을 거면 빨리 낳아라"로 이어진다. 정년이 어쩌고, 애들 대학 등록금이 저쩌고, 하는 아주 빤한 레퍼토리가 반복된다.

이런 조언을 마치 영양제를 복용하듯 꾸준히 듣고 있지만, 미안하게도 삶에 도움이 된다고 느낀 적은 단 한 번도 없다. 나는 개인을 묵살하는 결혼을 할 생각도 없고, 결혼에서 효율성을 따질 생각도 없기 때문이다. 그저 오순도순 행복한 일상을 보냈으면 한다. 넉넉지 않은 살림이라고 하더라도, 남들처럼 빵빵한 자녀 교육은 시켜주지 못하더라도, 집에서 맛있는 밥 해먹고 종종 가족 여행을 떠나 파란 잔디밭 위에 함께 누울 수 있으면 그걸로 충분하다. 내가 내 입으로 이런 말 하기는 조금 그렇지만…… 그렇다. 나는 '낭만파'다.

'낭만파'의 길이란 아주 멀고도 험하다. 낭만이라고 불리는 전설의 보물을 찾아 떠나는 용사라고나 할까. 그렇다. 이것은 용사의 모험이다. 모험에 악당의 공격이 없다면 그것은 모험이라고 할 수 없다. 낭만파는 기혼자들의 공격을 당한다. 낭만을 외쳐봤자 아직 결혼을 해보지 않았다는 이유로 업신여김을 겪는다.

하지만 나는 그들이 결혼에 대한 아주 중요한 점을 놓쳤기 때문에 낭만을 찾지 못했다고 믿는다. 그것은 '결혼이란 인간의 본성에 어긋난다'라는 사실이다. 며칠 전 동료에게 이 이야기를 했더니, "어머, 대리님은 결혼하면 안 되겠어요!"라며 소리쳤다. 눈빛을 보아하니, 분명 나를 이 사람 저 사람 만나면서 성욕을 분출하고 싶어 안달 난 난봉꾼으로 생각한 게 분명했다. 음……. 변명하자면, 그런 얘기는 아니었다. 어찌 인간의 본성이 성욕밖에 없겠는가.(오히려 성욕만 생각한 그쪽이 더 응큼한 것 아닌가!)

내가 하고 싶었던 말은 '인간이란 늘 안정을 추구하고, 안정을 얻으면 소중함을 잊는다'는 것이다. 마치 취업을 갈망하다가, 취업을 하고 나면, 퇴사를 꿈꾸는 것과 같다. 결혼을 꿈꾸다가, 결혼을 하고나면, 혼자를 꿈꾼다. 이것은 당연한 과정이다. 불안하면 안정을 찾지만, 막상 안정되면 지루해하는 것은 인간의 본성이다.

이를 증명할 흔한 예가 있다. 결혼하면 대부분 살이 찐다. 신혼을 즐기느라 야식은 늘고 운동은 줄어든다. 살이 쪘다고 반드시 매력적이지 않다고 할 수 없지만, 분명한 것은 자기관리가 되지 않는 사람은 매력적일 수 없다. 그리고 서로에게서 더 이상 매력을 느끼지 못할 때, 소중함을 잊게 되고 아끼는 마음은 사라지고 만다. 그렇게 결혼의 위기는 찾아온다.

행복한 결혼생활에는 많은 노력이 필요하다. 그것을 증명하고 있는 부부가 있다. 바로 '션, 정혜영' 부부다. 엊그제 TV 다큐에서 그 부부에 대한 이야기가 나왔다. 그는 결혼 14년 차인데도 빨래판 같은 복근을 자랑하고 있었다. 그는 인터뷰에서 지금껏 몸 관리를 하는 이유를 말했다. "아내에게 언제까지나 매력적인 사람이고 싶다."라고 말이다. 그의 말을 듣고 참 대단하다고 생각했다. 그는 행복한 결혼생활을 위해서 게으른 인간의 본성을 거스르는 노력을 계속해서 하고 있는 것이다.

생각이 여기까지 이르자, 그만 자신이 없어져 버렸다. 나는 과연 인간의 본성을 거스를 정도의 노력을 할 수 있는 사람인가. 그리고 내 미래의 아내는 그런 사람일까. 내가 그런 사람일 확률과 내 미래의 아내가 그런 사람일 확률, 그리고 그런 두 사람이 만나 결혼에 이를 확률은 과연 몇일까. 행복한 결혼생활을 할 수 있는 부부가 되기란 이렇게 힘든 것이다. 이러니 내 주변의 모든 기혼자들의 조언이 다 같을 수밖에. 씁쓸한 기분을 감출 수 없다. 나 이러다 결혼은 할 수 있을까.

26
로또 대박 기원

직장이 서울인지라 서울에서 살고 있다 보니, 자연스레 부모님 댁과 멀어졌다. 자주 찾아뵈어야 함은 머리로는 이해하고 있지만, 그게 쉽지가 않다. 어머니는 당최 얼굴을 보기가 어려운 게 해외 동포 같다고 푸념하셨다.

하지만 직장인의 삶이란 바삐 돌아간다. 특히 주말은 더 바쁘다. 이유가 다소 모순적이지만 휴식 때문이다. 그렇다. 직장인은 주말에 쉬느라 바쁘다. '하는 것도 없으면서 바쁜 척한다'라고 할지 모르겠지만, 그건 모르는 소리다. 월요일이면 또 출근해야 하니 눈코 뜰 새 없이 바쁘게 쉬어야 한다.

그런데 요즘엔 사정이 바뀌었다. 일요일마다 부모님 댁에 간다. 부모님은 '이제 아들이 효도를 하려나 보다'라고 오해하실 수도 있으나, 죄송하게도 그런 이유는 아니다. 다름 아닌 부모님이 키우시는 개 '로또' 때문이다.

올해 초, 아버지의 지인은 새로 태어난 강아지를 키울 여력이 없어 난감해하던 중 경기도 양주에서 전원생활을 하시는 나의 부모님을 떠올렸다. 그리고 강아지는 우리 집으로 입양되었다. 아버지는 강아지를 받아들고, 평생 이루지 못한 복권 당첨의 꿈을 담아 '로또'라는 이름을 지어주었다. 그때의 로또는 아직 젖도 떼지 않은 신생아 수준의 강아지였다.

로또는 유난히 많이 낑낑거렸다. 밥을 주고 쓰다듬어 줘도 소용이 없었다. 어머니는 그것이 어미의 품을 찾는 새끼의 슬픔이라는 것을 알아차리시고는 입양 올 때 폭 싸여있던 담요를 강아지에게 감싸주셨다. 이내 로또의 신음은 멈췄고, 평온한 얼굴로 잠에 빠졌다. 아마 담요에 제 어미의 냄새가 남아있었던 것이리라.

이렇게 애달픈 첫 만남 이야기를 듣는 사람은 보통 작고 귀여운 견종을 예상할 것이다. 하지만 로또는 진돗개와 셰퍼드가 섞인 혼합종이다. 덩치는 얼마나 크고, 또 변은 얼마나 굵은지……. 생후 몇 개월 되지 않은 강아지라고는 생각하지 못할 정도로 급속도로 크다 보니, 집 안에서 키우는 것은 무리였다. 로또가 새끼 티를 벗자마자 마당에 집을 마련해 주었다. 다행히 로또는 마음껏 뛰놀 수 있는 마당을 좋아했다. 하지만 그것도 강아지일 때나 가능한 것이었다. 곧 완전한 성견이 되자, 밤마다 어디선가 닭을 한 마리씩 잡아 와도 이상할 것이 없는 모습이 되었다. 어쩔 수 없이 목줄이 채워졌다.

그렇게 크고 잽싼 녀석이 온종일 목줄에 묶여있으니 얼마나 답답하겠는가. 하지만 안타깝게도 집에는 녀석을 산책시킬 수 있는 사람이 없었다. 낮에 집에 있는 사람이라고는 어머니뿐인데, 당신보다 큰 개를 산책시키는 것은 물리적으로 어려웠다. 그나마 로또가 얌전한 녀석이었으면 가능했겠지만, 진돗개와 셰퍼드의 피가 섞이면서 생화학 반응을 일으킨 것인지, 항상 미친 듯 날뛰기 때문에 그건 불가능했다. 로또를 산책시킬 수 있는 것은 나뿐이었다.

그래서 나는 일요일마다 부모님 댁으로 출근 도장을 찍는다. 내가 마당에 들어서면 그때부터 난리는 시작된다. 반갑다고 이리 뛰고, 저리 뛰고, 낑낑거린다. 녀석도 내가 산책시켜주러 왔다는 것을 아는 것이다. 환영해주는 것은 고맙지만, 너무 격하게 달려드는 바람에 내 팔에는 발톱에 긁혀 생긴 상처가 늘어간다.

산책하러 나가면 신난 로또가 온 동네를 활보한다. 코를 땅에 박고 온 동네 냄새를 다 맡고, 동물 뼈를 찾아 아드득 씹어 먹고, 옆집 개에게 시비도 걸어본다. 그동안 얼마나 뛰어놀고 싶었는지 잠시도 쉬지 않고 뛰는데, 그 속도가 나로서는 절대 쫓을 수 없을 정도로 빨라 질질 끌려다닌다. 그래서 목줄을 당겨 멈추게 하면, 로또는 뒤를 돌아 나를 쳐다본다. 비록 말할 줄 모르는 짐승이지만, 눈빛을 보면 무슨 말을 하고 싶은지 알 수 있다.

"형, 따라오지 못할 거면 그냥 집에 가 있어."

"미안……. 우리 조금만 천천히 가자…….'

어렵사리 나온 산책에서마저도 시원하게 달리게 해줄 수 없다니 퍽 미안한 마음이다.

안타깝지만 모든 것에는 끝이 있는 법. 집으로 돌아오면 행복한 산책도 끝이다. 다시 로또에게 목줄을 채웠다. 낑낑거리는 신음 소리가 아까보다 더 커졌다. 너에겐 이 꿈 같은 산책이 너무 짧겠지. 미안하다. 이렇게밖에 해주지 못하는 나를 용서하렴.

어쩐지 불쌍한 로또에게 내 모습이 비쳤다. 나 역시 꿈 같은 주말을 모두 보내고, 내일이면 출근을 해야 한다. 로또나 나나 목줄하고 사는 것은 마찬가지다. 나는 가만히 로또의 모습을 바라보다가 설움이 북받쳐, 로또와 부둥켜안고 꺼이꺼이 울고 말았다. 로또는 내가 놀아주는 줄 알고 안기며 내 어깨에 발을 올렸는데, 어쩐지 내 어깨를 토닥이며 위로해 주는 것만 같았다. 나는 로또를 바라보았다. 우리는 다시 눈빛으로 대화를 나누었다.

"형, 힘내. 주말은 또 오잖아."

"응……, 다음 주에도 올게.(훌쩍)"

주말은 다시 올 것이고, 또 산책을 나갈 것이다. 힘들만 하면 쉬고, 쉴 만 하면 힘들어진다. 그렇게 인생은 이렇게 흘러간다. 여태까지 그래왔고, 앞으로도 계속.

27
앗싸라비야 콜롬비아

그것은 첫 경험이었다. 취업하기 직전, 그러니까 아직 대학생일 때, 난생처음 해외로 배낭여행을 떠났다. 행선지는 지구 반대편의 콜롬비아였다. '콜롬비아'를 선택한 이유는 '앗싸라비야 콜롬비아, 닭다리 잡고 삐약-삐약-'이라는 기원을 알 수 없는 노래때문이었다. 멜로디를 아는 사람은 이해하겠지만, 진지함이라고는 눈곱만큼도 없는 천덕꾸러기 같은 느낌이 좋았다. 이런 이유로 행선지를 선택하는 바람에 콜롬비아가 세계 최대 마약 유통국가였다는 사실을 알고 있을 리 만무했고, 콜롬비아의 거친 문화를 접하고는 충격에 빠지지 않을 수 없었다.

어느 날은 메데인의 한적한 공원 벤치에 앉아 아이스크림을 먹고 있었는데, 인상 좋은 아저씨가 활짝 웃으며 내게 말을 걸었다.

"꼬까인?(코카인 살래?)" 또 다른 날은 저녁을 먹으러 시내로 나가는데, 축구 유니폼을 입은 훌리건들이 코 주변에 하얀 가루를 묻힌 채 떼로 몰려와 손을 내밀며 외쳤다. "꼬까인?(코카인 할래?)" 그러고 보니 여행을 하는 동안 콜롬비아 사람들은 정이 많고 친절하다는 인상을 받았는데, 왜인지 모두 눈이 반쯤 풀려 있었다.

두 달간의 여행은 금세 지나갔다. '꼬까인'의 유혹(이라기보다는 무서움)을 이겨내고 맑은 정신으로 조국으로 돌아왔다. 한국에는 "꼬까인?"이라고 말 거는 사람이 없다는 사실에 새삼 감사한 마음이 들었다. "개발도상국에 한 달만 살아보면 우리나라에 자부심을 갖게 된다"라는 어떤 어른의 말에 공감했다.(개똥도 약에 쓸 때가 있다던 어른의 말도 역시 공감된다)

하지만 어찌 된 일인지 한국에 돌아온 뒤로 일종의 무기력에 빠졌는데, 그것은 아이러니하게도 길거리에서 마약을 권하는 사람이 없기 때문이었다. 콜롬비아의 불안이 어느샌가 스릴로 다가왔고, 그것이 없는 일상이 따분해져 버렸다. 유식한 의학용어로 설명하자면, 콜롬비아에서 분비되었던 도파민이 한국에서는 멈춘 것이다. 콜롬비아는 나 같은 겁쟁이도 위험을 즐기는 강심장으로 만들어 주는 인간 개조의 나라라고 할 수 있다. 덕분에 무기력에 사무쳐, 방바닥에 누워 흡사 나무늘보의 일상을 보냈다.

그러던 어느 날이었다. 역시 방바닥과 물아일체가 되어 TV를 보던 나는 갑작스럽게 치솟는 도파민을 감지하고 몸을 벌떡 일으켰다. 맙소사. TV에서 마약에 취한 사람들을 발견한 것이다. 유명 강사가 열성적으로 강연을 하고 있었고, 청중은 혼이 쏙 빠진 표정으로 고개를 끄덕이고 있었다. 강사는 "꿈을 가지세요!"라고 외쳤고, 청중은 무언가를 받아 적고 있었다. 강사는 때로 격앙된 목소리로 질책하듯이 소리쳤고, 청중은 자책하듯이 탄식했다. 청중의 눈빛은 콜롬비아 훌리건의 그것과 닮아있었다. 무언가에 취해 있었는데, 그것은 바로 '꿈'이었다.

강사는 꿈만 가지면 장밋빛 인생이 펼쳐지기라도 하는 것처럼 말했다. 청중 역시 당장에 무엇이라도 이룰 수 있을 것처럼 꿈에 부풀어 있었다. 하지만 꿈은 가진다고 무조건 이뤄지는 것이 아니다. 오히려 쉽게 가지면 쉽게 사라진다. 쉽게 꿈을 가지는 것은 단지 죄책감을 덜어내기 위함일지도 모른다. 이를테면, 오늘 할 일을 미루며 생긴 죄책감을 내일에 대한 꿈으로 덮는 것이다. 내일을 기약하며 굳은 결심을 하고, 오늘의 죄책감은 깨끗이 잊는다. 물론 내일이 되면 그 꿈은 쉽게 사라지고 만다.

꿈의 정의는 사람마다 다르겠지만, 쉽게 내일을 다짐하는 꿈이라면 딱히 가지지 않아도 되는 것 아닐까. 꿈은 누군가에게는 삶의 원동력이 되지만, 누군가에게는 짐이 되기도 한다. 꿈이란 '이룸'을 목표로 하고, '목표에 다다르지 못하면 실패'라는 이분법이

전제되어 있기 때문이다. 그러니 꿈은 아주 차가운 머리로 천천히 만들어야 한다. 쉽게 취할 일이 아니다.

인생이란 취하지 않으면 살아갈 수 없는 것일까. 콜롬비아나 한국이나 취해 있는 것은 다를 것이 없다. 환경에 따라 대상만 바뀔 뿐이다. 마약에 취하지 않으면 술에 취하고, 술에 취하지 않으면 사랑에 취하고, 사랑에 취하지 않으면 꿈에 취하는 것이다. 요즘 내가 부쩍 콜롬비아를 떠올리며 일탈을 꿈꾸는 것은 취하지 않았기 때문일지도 모르겠다. 나에게도 취할 것이 필요하다. 마약 말고, 꿈 말고.

28
잘 먹고 잘 사는 법

쌀을 씻어 밥을 안치고, 고등어 한 마리를 굽는다. 뚝배기에 두부, 호박, 바지락을 넣어 된장찌개를 보글보글 끓이고, 시금치나물은 물에 살짝 데쳐 참기름에 무친다. 아삭아삭 잘 익은 포기김치를 가지런히 썰어 담고, 김을 가스레인지 불에 슥 구워 잘라 내놓으면 군침 도는 밥상이 차려진다. 집 안에 구수한 냄새가 퍼지면 없던 식욕도 살아난다. 어렸을 적, 아버지가 퇴근하실 즈음의 우리 집 풍경이었다. 밥 두 그릇 뚝딱 해치우고 나서 그릇과 수저를 싱크대에 넣는 것이 규칙이었다. 그리고 기분 좋게 불러온 배를 만지며 솔솔 오는 잠에 꾸벅꾸벅 졸곤 했다.

지금은 독립해 자취하다 보니 영 딴판이다. 퇴근길에 편의점에 들러 도시락과 맥주 한 캔을 산다. 집에 들어오자마자 켠 TV 소리가 허전한 방을 채운다. 허겁지겁 도시락을 뱃속으로 밀어 넣는다. 설거지는 필요 없다. 일회용 용기를 쓰레기통에 넣고, TV를 끄니 집 안에 적막함이 사무친다. 밥은 하루도 거르지 않고 먹어 왔는데, 어렸을 적에 비하자면 분위기가 사뭇 달라졌다. 그때는 식사가 가족이 함께하는 행사였다면, 이제는 허기를 달래는 작업에 가깝다. 내가 어느덧 그 시절 아버지의 나이가 되면서, '밥'의 의미가 변했다.

밥. 소설가 김훈은《라면을 끓이며》에서 삶의 고됨과 그것을 결코 피할 수 없는 우리의 숙명을 이 한 음절의 단어로 표현했다. 밥이란 쌀을 끓여 만든 음식에 불과하지만, 먹지 않고서는 살아갈 수 없음을 알게 되면 곧 생존의 언어로 변한다.

마찬가지로 '먹고 산다'라는 말도 생존의 언어다. "뭐 해서 먹고 사나."라는 말은 '오늘 저녁은 피자가 좋을까, 삼겹살이 좋을까' 같은 메뉴 고민이 아니라, '어떻게 돈을 벌어서 이 각박한 삶을 버텨낼 수 있을까'라는 처절한 생존의 고민이다. 이렇게 생각하니 먹던 밥이 목구멍에서 턱 하니 걸려 넘어가질 않는다. 우리가 늦은 밤까지 공부하고, 처절하게 취업하고, 돈을 버는 의미가 지금 삼킨 밥 한 숟갈에 있는 것이다.

먹고 사는 문제에 대해 처음 생각했던 것은 중학생 때였다. 어머니를 따라 사주를 보러 간 적이 있다. 역술인 아저씨는 아직 살지도 않은 내 인생에 대해 줄줄 읊었다. 어떤 직업을 갖는 게 좋겠고, 어떤 사람과 사는 것이 좋을지 말했다. 그리고는 본인의 경험에서 우러나온 인생 꿀팁이라며 "인생에서 가장 중요한 선택 두 가지가 바로 직업과 배우자다."라는 명언을 남겼다.(이 말을 하고선 왠지 슬픈 표정을 했다.) 나는 순진하게도 그 아저씨가 내 운명을 안다고 믿었기에, 인생의 해법을 얻은 것처럼 "직업과 배우자…… 직업과 배우자……."라고 중얼중얼 외웠다.

그리고 십수 년이 지났다. 역술인 아저씨의 인생 꿀팁이 빛을 발할 때가 되었다. 그런데 막상 직업이란 게 내 맘대로 정할 수 있는 게 아니었다. 해가 다르게 심해지는 취업난의 한 가운데에서 '어떤 일을 하면 제일 즐거울까' 생각하는 것은 사치였다. 한 번도 직장인이 되고 싶다고 생각한 적이 없었지만, 이리저리 휩쓸려 살다 보니 나는 이미 직장인이 되어있었다. 밥 먹고 살기 위해서 어쩔 수 없었다. (요즘은 밥 먹고 있다는 사실만으로도 감사해야 할 지경이다.)

소설가 김영하도 TV 프로그램에서 이런 이야기를 했다. "제가 20대일 때에는 무작정 작가가 되겠다고 달려들어도 문제 될 게 없었어요. 하지만 지금 누군가 작가가 되겠다고 하면 저는 말리고 싶어요. 예전에는 누구나 0에서 시작하는 시대였지만, 지금의 청춘은 사회생활을 시작하면서 빚을 갚아나가야 하는 마이너스

인생이니까요." 제아무리 작가가 되고 싶다고 해도 밥 먹고 살 수 없다면 어떤 의미가 있겠는가. 김영하 작가 역시 '밥이라는 생존의 무게를 감당해 내는 것이 우선'이라고 말하고 있다.

오늘도 퇴근하니 어김없이 배가 고파왔다. 편의점 도시락은 영양이 부실해 밥 역할을 다하지 못하니, 오랜만에 제대로 된 집밥을 해 먹기로 했다. 어머니가 주신 된장 풀고, 두부에 각종 야채들, 그리고 청양고추까지 송송 썰어 넣어 얼큰한 된장찌개를 끓였다. 냉장고 안에서 싹을 틔운 감자를 다듬어 채 썰고, 기름에 달달 볶았다. 거기에 현미, 흑미, 콩이 들어간 잡곡밥 두 공기를 비우고 나니, 배가 든든하다. 내일도 열심히 일할 수 있겠다. 비록 지금 잘 먹고 잘살고 있는지는 모르겠지만, 적어도 밥의 무게는 견디고 있는 것 같다. 이 정도면 나쁘지 않다. 먹고 살만 하다.

29
영락없이 직장인 팔자

때는 바야흐로 2005년, 대학에 다니던 스무 살의 나는 부모님 께 폭탄선언을 했다.

"아버지, 어머니. 저, 가수가 되겠어요!"

부모님은 내색하지 않으려 노력하셨지만, 적잖이 당황하신 티 가 역력했다. 큰아들 공부하는 꼬락서니가 불안하긴 했지만, 이 렇게 본격적으로 속을 태울 거라고는 생각지 않으셨으리라. 부모 님은 나에게 '왜 가수가 되고 싶은지', '어떤 계획을 가지고 있는 지' 물어보셨다. 여기서 내가 대답만 잘했어도 불안이 조금이라 도 해소되었을 텐데 철없는 내가 그랬을 리 없다. "그냥 노래하는 게 좋아서요. 특별한 계획은 없어요."라고 대답했다. 그렇지 않아도 불안했던 부모님의 눈동자는 크게 요동치기 시작했고, 이내 눈을 질끈 감으셨다.

그때부터 부모님은 나를 설득하기 시작하셨다. 그 길이 어떤 길인 줄 아느냐, 나중에 취미로 해도 되지 않겠느냐, 말씀하셨지만 내 귀에는 들어오지 않았다. 내가 원하는 단 한 가지는 지금 노래하는 것이었다. 상황이 이렇다 보니, 아버지는 밤잠까지 설치며 내 앞길을 걱정하셨다. 혹시 내가 가수의 꿈에 실패하면, 시골집을 개조해서 라이브카페를 차려줘야 하나……까지 생각하셨다(고 나중에 들었다. 죄송함에 조용히 무릎을 꿇었다).

그러던 어느 날, 어머니는 아버지를 조용한 곳으로 불러 말씀하셨다. "여보, 아들 가수 해보라고 합시다." 아버지는 놀라 토끼 눈을 하시고는 "당신은 걔가 성공할 거라고 봐요? 내가 볼 때는 가능성이 희박한데?"라고 반문하셨다. 그러자 어머니는 아버지의 손을 꼭 잡으며 "큰아들 잘 해낼 거예요. 우리, 한 번 믿어줍시다."라고 말씀하셨다면 드라마 같았겠지만 드라마는 드라마일 뿐, 인공지능 '알파고' 뺨따귀 후려칠 만큼 냉철한 판단력을 자랑하는 어머니는 말씀하셨다. "망할 거예요. 근데 망하더라도 일찍 망하는 게 낫죠. 당신은 쟤 서른 넘어서 다시 노래하겠다고 하면 어쩔 거예요?" 아버지는 더 이상 대답하지 못하셨다. 이제는 막다른 골목에 다다랐음을 직감하셨으리라.

자식 이기는 부모 없다더니, 결국 부모님은 나의 꿈을 응원해주시기로 했다. 하지만 불안은 쉽게 가시지 않았으니, 어머니는 나를 어딘가로 데리고 가셨다. 바로 사주팔자 집이었다.

그곳은 너무도 평범한 아파트였다. 특별할 게 아무것도 없었다. 거실에 소파가 있었고, 주방에는 식탁이 있었다. 우리는 안방으로 들어갔고, 그곳에는 선이 굵은 얼굴의 역술가 아저씨가 앉아있었다. 어머니는 자리에 앉자마자 나의 생년월일시를 말했고, 역술가 아저씨는 앞에 둔 책을 몇 번 뒤적거리더니 앞에 있는 노트에 알아보기 힘든 한자 몇 개를 쓱쓱 써 내려갔다. 그리고 입을 뗐다.

"사주에 관(官)이 많네. 공무원, 경찰, 군인같이 나랏일 하면 좋아요. 꼭 공무원이 아니더라도 조직 생활할 사주야." 가수 하겠다고 한바탕 소동이 벌어진 직후였기 때문에 모두 갸우뚱했다. 어머니는 미간에 근심을 가득 안은 표정으로 "사실 얘가 음악을 하고 싶어 해서요. 그쪽으로는 별로일까요?"라고 물으셨다. 그리고 역술가는 이렇게 대답했다. "예, 그쪽으로는 운이 별로예요. 하고 싶으면 하세요. 그런데 결국 돌아옵니다. 두고 보세요."

그 아파트를 나오면서 콧방귀를 뀌었다. 그도 그럴 것이, 그 시절 나에게 공무원이나 직장인은 기피 직업 1순위였다. 먹기 위해 일하지 않고, 일하기 위해 먹겠다고 말했다. 한 번 사는 인생이라면 하고 싶은 일을 해야 한다고 떠들었다. 그런 내가 조직 생활을 할 사주라니……, 말도 안 된다고 생각했다. 아니, 말이 안 되어야 했다. 하지만 말이 되는 일이었다. 아시다시피, 나는 지금 사장님의 녹을 먹고 사는 직장인이다.

　하지만 오해는 마시길. '그토록 기피하던 직장인이 되었으니 억울한가?'라고 물어본다면, 대답은 '아니오'다. 오히려 직장인이어서 감사할 따름이다. 기대했던 감상과는 다소 거리가 있겠지만, 가만히 인생을 돌아보니 그렇다. 그동안 뭐 하나 진득하게 하는 법이 없었으니 쪽박 차는 것은 시간문제였을 것이다. 그런데 지금은 어떤가. 매달 월급을 챙겨주니 감사하고, 휴가도 보내주니 감사하고, 함께 일하는 동료에게도 감사하고, 심지어 일도 재미있(을 때가 가끔 있)으니 감사하다. 물론 직장생활 모두가 즐거웠던 것은 아니다. 하지만 그마저도 나름 좋은 경험이었다는 생각이 드는 걸 보니 영락없는 직장인 팔자인가보다. 역술인 아저씨가 맞았다.

　그나저나 아저씨의 "결국 돌아옵니다. 두고 보세요."라는 비장한 호언장담을 생각하니 소름이 돋는다. 죽었다 깨어도 직장인의 굴레에서 벗어날 수 없다는 것인가. 기왕 이렇게 된 거 앞으로는 어떤 팔자일지 다시 한번 물어봐야겠다. 그런데 이번에는 음악인을 할 팔자라고 하는 건 아니겠지. 설마.

30
등골 브레이커의 자조

누구에게나 지우고 싶은 과거가 있다. 창피하고 부끄러운 기억. 나에겐 다름 아닌 가수의 꿈을 꾸던 20대 시절이 그렇다. 그때를 생각하면 쥐구멍에 숨어버리고 싶은 심정이다. 그 감정은 부끄러움을 넘어선 치욕에 가깝다. 누군가는 '어지간히도 처절하게 실패했나 보구나'라고 하겠지만, 그런 것은 아니다. 그 시절의 추억은 무엇과도 바꿀 수 없고, 실패를 통해 배운 것도 많다. 그렇다면 무엇 때문인가 하니, 그것은 내가 말로만 듣던 '등골 브레이커(부모에게 경제적으로 큰 부담을 지우는 사람을 속되게 이르는 말)'였다는 사실이다.

스무 살이었다. 고등학교를 졸업하면서 느끼는 해방감은 이루

말할 수 없이 짜릿했다. 모든 간섭에서 벗어나 온전히 내 욕구에 충실해지고 싶었다. 그래서 선언했다. 가수가 되겠다고 말이다. 부모님께서는 쉬운 길이 아님을 알고 계셨기에 반대하셨지만, 결국 내 고집을 꺾지 못하셨고 기왕에 하는 것 제대로 해보라시며 응원해주셨다.

도전에는 돈이 들었다. 당장 노래 배울 돈이 필요했고, 생활비도 필요했다. 성인 한 명이 온전히 살아가는 데 필요한 돈이 한두 푼으로 해결될 리 없었다. 문제는 집안 사정이 여유롭지 않았다는 것이었다. 당시 지역 경기는 점점 나빠져만 갔고, 부모님의 식당에는 손님이 줄었다. 늘어나는 것은 빚뿐이었다. 하지만 부모님은 용돈 벌 시간에 더 열심히 하라시며, 힘든 내색 한번 없이 돈을 부쳐 주셨다. 내가 편한 만큼 부모님이 힘들어지는 것은 당연했다. 하지만 나는 그 사실을 외면했다. 부모님이 모닥불처럼 온몸을 태워 불을 밝히면, 나는 멀찍이 서서 따뜻한 온기를 쬘 뿐이었다.

나는 왜 부모님의 고통을 모른 체 했을까. 그런 건 내 알 바 아니라고 여기는 악의(惡意)는 아니었다. 그보다는 '내가 할 수 있는 게 없다'라는 무력감이었다. 나는 법적 성인이었지만, 정서적으로 독립하지 못했던 것이다. 혼자 책임지는 법을 몰랐고, 부모님의 우산 아래 몸을 피해 비가 그치기만을 기다리는 게 익숙했다. 나는 나약했다.

어느 한가롭던 날, 이 도전이 한계에 다다랐음을 직감했다. 이 년이 넘도록 아무런 성과가 없었으니 자연스러운 결론이었다. 여기가 끝이라는 생각이 들자 온 세상이 무너져 내리는 기분이었다. 나는 그동안 무엇을 하며 살았는가. 보컬 레슨을 받고, 연습하는 것으로 충분했을까. 피아노를 치고, 녹음을 한다고 무엇이 달라졌는가. 나는 아무것도 해내지 못했다. 처절한 실패였다.

멍한 채 집에 돌아갔다. 부모님은 아무것도 모르고 나를 밝게 맞아주셨다. "아들, 밥은 먹었니?" 어머니의 말에 "네." 짧은 대답을 던지고 방으로 들어갔다. 갑자기 짜증이 치밀어 올랐다. 지금 시간이 몇 신데 어련히 알아서 먹고 다니겠지, 굳이 왜 물어보시는지. 부모님은 왜 이렇게 한심한 나를 챙기시는지! 참을 수 없는 화가 나서 눈물이 흘렀다. 나는 알고 있었다. 이 분노는 부모님이 아닌 나를 향한 것임을. 도대체 나는 지금껏 무엇을 했는가.

3개월 동안 방에서 나오지 못했다. 차마 나갈 용기가 없었다. 멍하니 있다가, 울다가, 또 멍하니 있는 게 하루일과였다. 그러다 잠들면 악몽을 꿨다. 나는 꿈속에서 달렸다. 얼마나 달렸을까. 힘이 들어 잠깐 바닥에 앉아 쉬고 있는데, 누군가가 내 뒤통수를 '빠-악!' 소리가 나도록 세게 때렸다. 눈앞에 별이 번쩍거렸다. 뒤를 홱 돌아봤더니, 웬 사람들이 나를 보며 깔깔거리며 웃고 있는 게 아닌가. 나는 너무 화가 나 몸을 일으켜 그들에게 달려들었다. 엇? 몸이 마음대로 움직이지 않았다. 얼굴은 붉으락푸르락했지만, 몸은 느릿느릿 움직였다. 사람들은 그런 나를 비웃으며 빠르게 달아났다. 그들을 향해 절규하며 잠에서 깼다. 눈물이 멈추지 않았다.

　날 비웃으며 도망가던 사람들은 분명 내가 비웃었던 사람들이었다. 어차피 한 번 사는 인생, 하고 싶은 일을 해야 한다고 오만하게 떠들며 그들을 업신여겼었다. 안정적인 공무원이 되기 위해서 청춘을 바치고, 취업이 잘된다는 이유로 학과를 선택하는 사람들. 하지만 입장은 달라져 있었다. 내가 비웃었던 이들은 저 앞에 뛰어가고 있었고, 정작 나는 뒤에서 주저앉아 있었다.

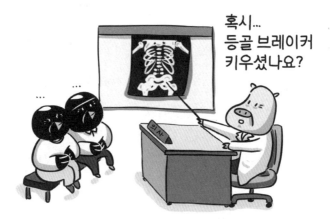

수년이 흐른 지금은 그 시절을 아무렇지 않은 척 이야기한다. 우여곡절이 있었지만, 운이 좋아 직장에 다니며 사람 구실은 하고 있는 덕분이다. 내가 취업하고 가장 기뻤던 것은 돈에 대한 것도 아니었고, 성취에 대한 것도 아니었고, 오로지 부모님께 진 빚을 조금이나마 갚았다는 생각이었다. 지우고 싶은 과거가 조금 흐릿해진 듯해 좋았다.

하지만 여전히 부끄럽다. 언제쯤 환하게 웃으며 이야기할 수 있을까. 아마 쉽지는 않을 테다. 직접 돈을 벌어보니, 그때 부모님의 지원이 얼마나 처절한 것이었는지 몸으로 느끼고 있기 때문이다. 과연 나는 훗날, 그런 사랑을 줄 수 있을까. 엄두 내기엔 너무 위대한 사랑이다.

31
자니……?

삭막한 사무실에 한 줄기 희망이 있다면, 그것은 '입사 동기'다. 선배들로부터 종종 '입사 동기가 최고다'라는 말을 듣곤 했는데, 몇 년 지내보니 그것을 이해하게 되었다. 다른 팀에 업무상 문의가 필요할 때 그곳에 동기가 있다면 그렇게 든든할 수가 없다. 함께 점심을 먹거나 커피 한 잔을 마시면서 수다를 떠는 것도 회사 생활의 큰 낙이다. 고민 상담이나 푸념을 늘어놓는 것만으로도 큰 위안이다.

오늘은 동기 B와 커피를 마셨다. 그런데 왠지 표정이 어두웠다. 고민이 있나 했더니, 어렵게 말을 꺼냈다. 일 년 전에 헤어진 남자친구로부터 연락이 왔다는 것이다. 생각해보니 역시 너 같은 사람이 없다며 다시 시작하고 싶다고 했다나. 그녀는 흔들리고 있었다.

잠깐. 이거 언젠가 들어봤던 이야기다. 몇 달 전, 고등학교 친구에게도 들었고, 몇 주 전, 대학교 친구에게도 들었는데, 이제는 직장 친구에게도 듣게 되었다. 그러니까 이것은 연애하는 모든 이들이 겪게 되는 필수 코스인 것이다. 나는 수많은 사례를 통해 이 패턴을 알고 있는바, 동기 B에게 조심스레 물어봤다. "혹시 그 남자친구……, 최근에 헤어졌다니?" 동기 B는 화들짝 놀랐다. 그렇게 우리의 일문일답은 시작되었다.

동기B : 그 사람이 최근에 헤어진 걸 어떻게 알았어?

나 : 헤어진 연인을 생각하는 건 외롭기 때문이야. 이제야 너의 소중함을 알았다고 말하지만, 외롭지 않으면 그런 생각은 안 해. 당연하지. 할 필요가 없으니까. 하지만 그 남자처럼 한밤중에 문자 메시지를 보내거나, 술에 취해 전화를 하는 건 정말 외로운 거야. 그리고 제일 외로울 때는 갓 이별했을 때이기 때문에 그렇게 짐작했던 거야.

동기B : 외로우면 다른 사람을 만나면 되지, 왜 나한테 연락한 걸까?

나 : 미안하지만, 지금의 그에게는 네가 제일 쉬운 사람인 거야. 지금 막 헤어진 사람은 가능성이 없고, 새로운 사람을 만나

는 것은 힘든 거지. 다들 그렇잖아. 반복되는 일상 속에서 새로운 인연을 만들기는 쉽지 않아. 그래서 동호회에 가입하기도 하고, 소개팅을 해. 하지만 인연을 찾을 수 있을지도 확실치 않고, 시간도, 힘도 많이 들잖아. 그러니까 그 입장에서는 전에 사랑했던 적 있는 전 애인이 가장 쉬운 거지.

동기B : 하하, 왠지 열 받네. 그런데 문제는 그 연락을 받고 내가 흔들린다는 거야. 한 번 만나볼까?

나 : 그렇다면 만나 봐도 나쁠 건 없지. 둘 다 외롭다면 말이야. 하지만 왜 헤어졌었는지는 한번 생각해보길 바라.

동기B : 왜?

나 : 다시 만나면 마치 처음 만났을 때처럼 풋풋한 연애 감정이 다시 떠오를 거야. 외로웠던 감정은 온데간데없이 사라지고 '이대로 다시 시작해볼까'하는 생각이 물방울처럼 보글보글 올라오겠지. 그대로 행복해지면 좋겠지만, 과거의 이별 사유는 아직 그대로일 확률이 높아. 사람은 쉽게 변하지 않잖아. 이별 사유에 대해 생각지 않고 다시 시작한다면 똑같은 실수를 반복하는 꼴이 될 거야. 전에 왜 헤어졌던 건지 물어봐도 돼?

동기 B : 당시에 남자친구가 먼저 취업을 했었어. 워낙에 사람들과 어울리는 걸 좋아하는 사람이었는데, 회사에 다니니 더 바빠지더라고. 하지만 취업 준비하던 나는 시간이 많았지. 그래서 항상 내가 연락을 기다리고, 서운해하고, 그러다가 결국 헤어졌어. 생각해보니, 그때는 나보고 너무 구속이 심하다더니, 이제 와 다시 연락하는 건 뭐람?

나 : 인간에게는 모순된 욕구가 있어. 자유로우면 구속을 원하고, 구속되면 자유를 원하지. 애인이 없으면 외롭지만, 막상 애인이 생기면 귀찮아하지. 연인으로서 지켜야 할 부담이 많으니까 말이야. 문자메시지든 전화든 꾸준히 연락해야 하고, 주말에는 오붓한 시간을 보내야 하고, 기념일은 일일이 챙겨야 하지. 자유와 구속 사이에서 모순되는 건 이상한 게 아니야. 오히려 아주 당연한 거지.

동기 B : 하지만 다시 만났는데, 다시 구속한다고 하면 어떡하지?

나 : 구속과 자유, 둘의 조화는 대화로 찾을 수밖에. 나는 연애와 여행이 비슷하다고 생각해. 우리는 늘 고향을 벗어나 여행하기를 꿈꾸지. 하지만 그렇다고 고향이 소중하지 않은 것은 아니야. 오히려 돌아올 곳이 없는 여행은 즐겁지 않아. 여행 후에 돌아와서 그러잖아. "역시 집이 최고다!"라고 말이

야. 연애도 비슷한 게 아닐까? 연애에는 구속이 있지만, 한 편으로는 안정감을 줘. 마치 고향처럼 말이야. 일상에서 고향과 여행이 조화되듯, 연애에서도 구속과 자유는 조화되어야 할 거야.

한참 동안 이야기를 나눴지만, 그녀의 머릿속은 여전히 복잡한 듯했다. 재회는커녕 아직 메시지에 답장도 안 했으니 그럴 만도 했다. 그녀 역시 모순되는 욕구에 혼란스러워하는 것이리라. 외로움에 그를 다시 만나고 싶지만, 전과 같은 문제가 일어날 것에 불안을 느꼈을 것이다. 하지만 더 이상 내가 해줄 수 있는 말이 없었다. 그와 그녀 사이의 감정과 생각은 오직 그 둘만의 것이기 때문이다. 부디 좋은 쪽으로 결론이 나길 바란다. 그래야 다음에는 내가 고민 상담을 할 수 있을 테니 말이다.

32
오늘 저녁은 혼자서 먹을게요

'혼코노'라는 단어를 아시는지. 얼마 전 '신조어 리스트'에서 봤는데, 나는 정답을 확신한 도전 골든벨 최종 도전자처럼 당당히 일본어라고 대답했다. 하지만 오답이었고, 아재로 판명받았다. 나 참! 신조어 몇 개 모른다고 아재라는 낙인을 찍다니, 요즘 것들은 인정머리라는 것이 없는 모양이다. 우리 때는 인정이 많아서……. (중얼중얼)

아무튼 후에 그 뜻을 알게 되었는데, 억울함을 감출 수 없었다. '혼코노'란 혼자서 코인 노래방에 가는 것으로 그야말로 퇴근길의 내 모습이었기 때문이었다. 이미 생활에 깊이 들어와 있는데 이름을 몰랐을 뿐이다. 마치 일 년 동안 신혼생활을 하고 나서야 아내의 이름을 알게 된 기분이랄까.

말이 나온 김에 잠깐 코인 노래방을 소개하자면, 요즘 코인 노래방은 혁신 그 자체다. 예전에 오락실에 있던 작은 부스가 아니다. 단지 방 규모만 작아졌을 뿐 방음 시설도 제대로 되어있고, 카드 결제도 할 수 있으며, 부르지 못한 노래는 저장해두었다가 다음에 와서 부를 수도 있다. 그야말로 최첨단 시스템으로 거듭났다. 덕분에 퇴근길에 단돈 천 원으로 스트레스를 해소할 수 있으니 이것이 혁신이 아니고 무엇이란 말인가.

혼자 노래방이라니, 예전 같았으면 꿈도 못 꿀 일이었다. 실연당한 비련의 주인공 정도는 되어야 '무슨 사연이 있나 보다'하고 넘어가지, 일반적으로는 혼자서 무슨 노래방을 가냐는 반응이 대부분이었다. 세간의 시선에 몹시 민감한 나로서는 아무리 노래가 부르고 싶어도 같이 갈 사람이 없으면 집에서 혼자 흥얼거리고 말았다. 그런데 이제는 너도 나도 혼코노를 즐긴다. 이제는 친구끼리 함께 노래방에 가서 각자의 방에서 부르고 싶은 노래를 양껏 부르고 밖에서 다시 만나는 극 실용주의 노래문화도 이상할 것이 없다.

이제는 시대가 변한 것이다. '혼자' 문화는 그 영역의 한계를 모르고 번져가고 있다. 혼자서 밥 먹고 있으면 친구 없는 처량한 사람 같아 보이고, 혼자서 영화 보면 애인도 없는 외로운 사람 같아 보였는데, 이제는 친구나 애인이 있어도 혼자서 보내는 시간을 즐기는 것이 일반화됐다. 그 종류도 점점 다양해지고 있다. 혼밥, 혼술, 혼코노 뿐만 아니라, 혼쇼(혼자 쇼핑하기), 혼영(혼자 영화 보기)도 있다. 이제 조금 더 있으면 '나는 나와 결혼했다'라고 주장하며 혼결(혼자 결혼하기)하는 사람들이 생겨날지도 모른다.

하지만 그런 생각이 든다. 당당한 혼자는 쌍수 들고 환영할 일이지만, 그래도 여럿이 좋은 것은 어쩔 수가 없다. 혼자서는 시시콜콜한 대화를 할 수가 없으니 말이다. 어제 산 방울토마토가 얼마나 맛있는지, 요즘 보는 드라마 연출이 얼마나 허접스러운지, 별것 아닌 이야기들을 종알종알 떠들지 않으면 견딜 수 없는 나는 혼자로는 충분치 않다. 영화를 봐도 혼자 음미하고 마시는 것보다 누군가와 실컷 떠드는 것이 더 재밌다고 느낀다. 감각은 타인과의 감정 교류를 통해 커지기 때문이다.

오늘도 퇴근길에 천 원 한 장 들고 혼코노 했다. 친구의 노래를 들을 필요가 없으니 금세 끝난다. 어제는 퇴근길에 순댓국 한 그릇 혼밥 했다. 친구와 메뉴 고민할 것도 없이 뚝딱 먹으니 쉽다. 그저께는 퇴근길에 백화점에 들러 혼쇼 했다. 생각보다 혼자 하는 게 많다.

혼자서 하면 고민할 것도 없고, 간편하고 쉽게 해결된다. 이러다 정말 모두들 혼자서 결혼하는 것 아닌지 모르겠다. 그렇게 되면 당연히 부부 갈등이 사라질 것이고, TV 프로그램 〈사랑과 전쟁〉은 종영할 것이고, 이미 막장 스토리에 중독된 사람들은 자극적인 것을 찾을 것이고, 그러다 보면 맵고 짠 음식을 많이 먹을 것이고, 온갖 성인병에 노출되어 온 나라가 종합병동이 되는……, 후…… 몹시 걱정이다.

33
불평과 감사 사이

들자 하니 내 동생에 대한 흉흉한 소문이 돌고 있는 듯하다. 동생의 친구가 장난으로 똥침을 놓았는데, 깜짝 놀란 동생이 엉덩이에 힘을 주는 바람에 친구의 손가락 관절이 10개로 늘어났다는 이야기를 들었다. 또, 동생은 절대 엘리베이터를 타는 법이 없는데, 그 이유가 제자리 점프만으로 3개 층을 뛰어오를 수 있기 때문이라는 이야기를 들었다. 오늘은 심지어 초록색 헐크로 변신한 모습을 목격했다는 이야기를 들었다. 웨이트 트레이닝 8년 경력에 빛나는 동생의 근육을 보면 아주 납득이 가지 않는 것은 아니나, 형으로서 말하건대 모두 거짓말이다.

우리 형제는 몸은 상당히 다르지만, 얼굴은 많이 닮았다. 예전에 헬스장에 같이 다닌 적이 있었는데, 운동하시던 아주머니들이 '우리가 쌍둥이다, 아니다'에 내기를 걸었던 적도 있었다. 쌍둥이 아니라는 내 말에 내기에 졌다며 탄식을 하던 아주머니의 표정을 잊을 수 없다. 그뿐이 아니다. 처음 갔던 토스트 가게의 주인아주머니께서 대뜸 "요 근처에 동생이랑 같이 살지?"라고 물으시는 것이 아닌가. 외모만 보고 따로 방문한 두 손님이 형제라는 걸 짐작하신 것이다.

외모는 그렇게나 닮았지만, 성향은 꽤 달랐다. 나는 둔한 편이었고, 동생은 퍽 예민한 편이었다. 그리고 내가 한국적 취향이라면, 동생은 이국적 취향이었다. 내가 삼겹살에 소주를 마실 때, 동생은 치즈에 와인을 마셨다.

성향의 차이는 곧 직업의 차이로 이어졌다. 나는 대학을 졸업하고 평범한 직장인이 되었지만, 동생은 개인 사업을 시작했다. 나는 매일 아침 정해진 시간에 출근했지만, 동생은 느지막이 사무실로 나갔다. 나는 휴가 하루 쓰기도 눈치를 보았지만, 동생은 당장 내일 출국하는 땡처리 항공권을 사서 돌연 여행을 떠나곤 했다. 그런 동생의 자유로움이 마냥 부러웠다.

그러던 어제, 동생은 말했다. "형, 나 유학 가려고." 역시 동생다운 갑작스러움이었다. 그마저도 자유로워 보였다. 유학이라니……, 나는 꿈도 못 꿀 일이었다. 그의 도전 의식에 감탄하며, 잘 준비하라고 응원했다. 하지만 동생의 표정은 마냥 홀가분해 보이지 않았다. 오히려 근심이 서려 있었다. 무슨 일이 있는 것은 아닌지 걱정이 되어 물었다.

그는 그동안의 고민을 털어놓았다. 불확실한 미래, 일정하지 않은 수입, 구분되지 않는 일과 삶의 경계 때문에 일을 계속해야 할지 확신을 가지지 못했다. 그리고 고민 끝에 후일을 위해 외국에서 학력과 실력을 쌓기로 했다는 것이었다.

가만히 듣고 있자니, 내가 그동안 부러워했던 그의 자유는 완전치 않았다. 매일 자유롭게 출근하는 것처럼 보였지만, 사실 출근한 게 아니었다. 퇴근한 적이 없었기 때문이다. 그는 집으로 돌아와서도 다음 업무 준비를 계속해야 했다. 결국 일터와 집, 어느 곳에서도 쉴 수 없었던 것이다. 그제야 동생이 종종 여행을 훌쩍 떠났던 것이 이해됐다. 어디론가 떠나서야만 진짜 휴식을 취할 수 있었던 것이다.

그뿐이 아니었다. 직장인은 매월 꼬박꼬박 똑같이 입금되는 뻔한 월급이 불만이지만, 동생은 오히려 월수입이 들쭉날쭉해서 불안했던 모양이었다. 또 직장인은 고용 안정이라는 게 있어서 가까운 미래까지 걱정하지는 않지만, 동생은 당장 몇 년 후의 먹고 사는 문제를 고민하지 않을 수 없었다. 내 불평 거리가 동생에게는 부러움이었고, 반대로 내가 부러워하던 것은 동생에게는 부담이었다.

모든 평가는 시각에 따라 달라진다. 원통은 위에서 바라보면 동그랗지만, 옆에서 바라보면 네모나다. 마찬가지로 불만 가득한 시선으로 보면 모든 것이 불평 거리가 되고, 감사한 시선으로 보면 모든 것은 감사 거리가 된다.

불평에는 끝이 없다. 노예처럼 매일 출근해야 하는 것도 진절머리 나고, 꼰대들의 참견도 듣기 싫고, 우리나라는 당최 제대로 된 게 하나도 없다. 어디 뉴스에서 우리나라가 OECD 국가 중 꼴찌라던데 어찌나 개탄스럽던지. 하지만 OECD가 정확히 뭐 하는 데인지 아는 사람은 없다.

재미없는 결론이지만, 이런 불평을 반대로 생각하면 감사하기에 충분하다. 매일 출근할 직장이 있다는 것도 감사하고, 조언해 줄 사람이 있다는 것도 감사하다. 우리나라는 어떤가. 치안은 타의 추종을 불허할 정도로 밤늦게 술 마시며 놀아도 걱정이 없다. 유럽은 인터넷 한 번 설치하려면 몇 주는 기다려야 한다던데, 우리나라는 하루 이틀이면 족하다. 외국인들마저 한국을 최고로 꼽는 이유는 맛있는 음식이다. 한국식 양념치킨은 프라이드치킨의 본고장인 미국 사람들마저 인정하는 것이 아니던가. 그뿐인가. 우리나라에는 손흥민, BTS, 김연아처럼……(중얼중얼).

34
죄송하지만, 품절입니다

결혼을 했다. 몸소 용산구청에서 혼인신고까지 했으니, 이제 나를 소개하는 한 단어가 추가되었다. 임자가 있는 몸, 바로 '품절남'이다. 원래 품절이 되면 괜히 더 갖고 싶은 법이다. 이로써 나는 갖고 싶은 남자가 되었다. 하지만 이름 모를 그대에게 심심한 유감을 표한다. 돌아가라. 재고가 없다.

허어, 나의 품절 선언을 아쉬워하는 뭇 여성들의 탄식이 신혼집 내 방까지 들린(것 같)다. 하물며 인터넷 쇼핑몰에서도 품절이 되면 여차여차한 이유로 죄송하다고 설명을 하는데, 나 역시 그 연유를 설명하지 않으면 도리가 아닌 듯하다.

그날은 토요일이었다. 구 여자친구(현 와이프)와 종로에서 낮술을 마시고 일찍 헤어졌다. 집으로 돌아와 몽롱한 술기운을 즐기며 침대에 누웠다. 깜빡 눈을 감았다가 떴는데 창밖이 어두워졌다. 분명 방금 낮이었는데 말이다. 순간 나는 확신했다. '시간 이동이다!' 나는 종종 과거와 미래를 자유롭게 오가는 망상을 하곤 했는데, 기어코 올 것이 온 것이다. '맙소사! 오늘이 며칠이지?!' 잽싸게 휴대폰을 켰다.

'부재중 전화 8통.' 여자친구였다. 잠이 확 달아났다. 시간 이동은 개뿔. 잠결에 망상이 현실인 줄 착각했을 뿐, 그냥 한참 잔 거였다. 그보다 부재중 전화 여덟 통이라니, 무슨 일이 벌어진 게 틀림없었다. 나는 바로 전화를 걸었고, 그녀는 바로 전화를 받았다. 그리고 한다는 말이 "와인이 너무 먹고 싶어. 같이 먹으면 안 될까?"였다. 그녀에겐 아무 일도 없었다. 그저 와인이 먹고 싶어서 전화를 여덟 통이나 했다. 낮에 마신 술이 아직 깨지 않은 걸까.

너무 귀찮았다. 그냥 잠이나 계속 자고 싶었다. 하지만 그녀의 집은 바로 옆 동네였다. 5분이면 가는 거리인데, 귀찮다고 간절한 그녀의 부탁을 거절할 수가 없었다. 사랑의 힘(보단 후환의 두려움)으로 몸을 일으켰다.

그녀의 집 앞에 금세 도착했다. 아직 잠이 덜 깨 반쯤 감긴 눈으로 초인종을 눌렀다. 묵묵부답이었다. 방금 와달라는 전화를 했던 그녀는 어디로 갔단 말인가. 전화를 했지만 전화도 받지 않았다.

머리가 복잡해졌다. 지금 나를 골탕 먹이는 건가? 내가 무슨 잘못을 했었나? 떠오르는 게 없으니 더 불안해졌다. 다시 초인종을 눌렀다. '철컥-' 그제야 자물쇠가 열렸다.

문을 열었다. "아니, 문을 왜 이렇게 늦게……." 따지려고 하다가, 말을 멈췄다. 웬 촛불이 방바닥에 늘어져 있었기 때문이었다. 촛불은 길을 이루었고, 그 길을 따라 시선이 간 곳에는 꽃다발이 있었고, 주먹만 한 다이아몬드 (모형)반지가 있었고, 풍선들이 떠 있었고, 네 장의 플랜카드가 붙어있었다. 결. 혼. 하. 자.

그 자리에 주저앉았다. 그리고 한참동안 고개를 들지 못했다. 눈물이 났다. 깜짝 프러포즈에 감동해서가 아니라, 너무 웃겨서 눈물이 났다. 꿈에도 생각 못 했다. 누구는 남자가 프러포즈해주길 기다린다던데, 누구는 결혼 약속 다 하고 프러포즈한다던데, 이런 갑작스런 프러포즈라니……. 그녀다웠다. 심지어 웃음이 터져 방바닥에 뒹굴고 있는 내 뒤에서, 그녀는 춤을 추고 있었다. 우리는 같이 웃었다.

이것이 나의 '품절 사유'다. 여기에서 우리는 교훈을 얻을 수 있다. 눈치챘을지 모르겠지만, 이 책은 글마다 피가 되고 살이 되는 교훈을 가지고 있다. 그 덕에 많은 현인들의 필독서로 자리 잡을 예정이다. 훗날 어느 정신적 지주가 "이 글을 읽지 않은 사람은 결혼할 자격이 없다."라고 선언하게 될지도 모르므로 교훈을 말하

지 않을 수 없다. 혹시 자유연애 시장에서 좋은 사람을 찾고 있는
이가 있다면, 다음의 교훈을 명심하길 바란다.

첫 번째. '용기 있는 자가 미인을 얻는다.' 딱히 내 여자 친구가
용기 있는 자고, 내가 미인이라는 것은 아니다. 고민만 하다가는
금세 품절되니 용기를 가지라는 이야기다. 그냥 교훈이려니 하고
기분 좋게 넘어가자.

두 번째 교훈은 어쩌면 독자들보다는 내 여자친구, 아니 아내에
게 전해야 하겠다. '반품 불가 물품은 구입에 신중해야 한다.' 음,
아내는 혹시 신중한 선택을 한 것인지 모르겠다. 그녀에게 심심
한 유감을 표한다. 미안하지만, 반품은 안 된다.

35
쓰임새를 찾아서
(아이슬란드 신혼여행기①)

꿈에나 생각했을까. 아이슬란드에 올 것이라고. 그것도 신혼여행으로. 이틀 전 막 유부남이 된 나는 레이캬비크의 어느 아파트먼트에서 면세점 직원이 추천해준 맥주를 홀짝거리며 이 글을 쓰고 있다.

나는 그저께 결혼했다. 유부남이 된 소감을 말하자면 이렇다. "아, 결혼을 했구나." 너무 간결하고, 소박하다. 그도 그럴 것이 수년 동안 연애하던 남자와 여자가 늘 함께 다니던 여행을 왔을 뿐이니 새삼스럽지가 않다. 다른 것이 있다면 연인에서 부부가 되었다는 점, 그리고 아이슬란드에 왔다는 점이다.

아이슬란드와의 첫 만남은 고요했다. 건물도, 사람도 몇 없다.

공항에서 수도 레이캬비크로 들어오는 길은 황량함 그 자체다. 차가운 땅이 그냥 자리를 지키고 있을 뿐이다. 아무것도 할 생각이 없고, 아무도 건드리려 하지 않는다. 우리나라 같았으면 이 땅에 공장을 짓든 하우스를 짓든 쓰임새를 찾아냈을 것이다. 지하철과 공단이 들어선다고 투자설명회를 해서 땅값을 올릴지도 모른다.

과연 아이슬란드인들은 이 땅의 쓰임새를 고민하지 않았던 것일까. 인구에 비해 땅이 넓어 쓰임새까지 고민할 필요가 없었을지 모르지만, 내버려 두는 것 역시 아이슬란드인의 현명함이 아니었을까. 아직 좋은 쓰임새를 발견하지 못한 것이다. 쓰려고만 하면 못 쓸 땅이 어디 있겠는가. 전 세계의 쓰레기를 모아 매립할 수도 있을 것이고, 세금으로 땅을 파서 대운하를 만들 수도 있다. 하지만 그냥 내버려 두었다. 말하자면 좋은 쓰임새를 향한 적극적 침묵인 것이다.

좋은 쓰임새라. 이제 막 신입 유부남이 된 입장으로서, 결혼의 쓰임새에 대해 고민하지 않을 수 없다. 어려운 질문이다. 결혼은 쓰임새를 혼자서 정할 수는 없기 때문이다. 내가 이렇게 쓰려고 해도, 배우자가 저렇게 쓰려고 하면 방법이 없다. 늘 조율이 필요하다.

그래서일까. 요즘의 젊은이들은 좀처럼 결혼의 좋은 점을 상상하지 못한다. 어쩐지 나쁜 점만 고민한다. 결혼을 포기와 희생을 강요하는 폭력적인 사회 제도라고 여긴다. 틀린 말은 아니다. 결혼은 포기와 희생을 반드시 동반한다. 하지만 좋은 쓰임새도 분명히 있을 것이다.(없다면 큰일이다.) 이틀 차 유부남 주제에 그것이 무엇인지 떠들기는 건방지므로 조용히 있도록 한다. 그 대신 앞으로의 부부생활을 음미하며 찾아볼 생각이다. 혹시 찾지 못하면 큰일이다. 다시 돌이킬 수 없다.

36
가짜 아들의 불효

(아이슬란드 신혼여행기②)

아이슬란드의 작은 도시, '비크'에서 여유로운 아침을 즐기던 중이었다. 동생에게서 메시지가 왔다. "형이 엄마한테 보내라고 한 상품권이 뭐야?" 이게 무슨 소리인지. "무슨 상품권? 나는 보내라고 한 적이 없는데?" 동생은 한참 동안 말이 없었다. 그리고 걸려오는 전화. 다급하게 울리는 벨 소리에 '무슨 일이 터졌구나' 짐작했다. "형! 형이 엄마한테 99만 원어치 상품권을 보내 달라고 메시지를 보내서, 엄마가 사서 보냈나 봐." 이게 무슨 둘리가 아이슬란드 빙하 타고 내려와 봉창 두드리는 소리인가.

이야기를 듣자 하니 이랬다.

①어떤 후레자식이 내 포털 사이트 아이디를 해킹하고, 어머니의 전화번호를 알아냈다.

②그 망할 놈은 나로 둔갑했고, 어머니에게 99만 원짜리 상품권을 구매해 고유번호를 보내 달라고 메시지를 보냈다.

③갑작스러운 부탁에 당황한 어머니는 내게 전화를 걸었지만, 해외에서 유심카드를 바꿔 낀 내게 전화가 걸릴 리 없었다.

④사기꾼 녀석은 그 틈을 타 '전화가 안 된다'며 지금 빨리 필요하니 어서 재촉했다.

⑤어머니는 왜 아들이 신혼여행 중에 상품권이 필요한 것인지 영문도 모른 채, 상품권을 그 썩을 놈에게 보냈다.

사기를 당하는 사람을 보면 왜 당할까 싶지만, 막상 나를 현혹하겠다고 단단히 마음먹은 사람과 대화를 하면 그게 말처럼 쉽지 않다. 나는 태생이 의심이 많아, 일단 타인의 말에는 딴죽을 걸고 보는 인간이다. 콩으로 메주를 쑨다고 말하면, 콩의 정의부터 따지고 보는 매우 피곤한 성격이다. 하지만 그런 나 역시 속수무책으로 당한 것이 두 번 있다.

첫 번째 사건이 일어난 것은 취업이 확정되어 여유로운 시간을 보낼 때였다. 어떤 여성이 매우 상냥한 목소리로 전화를 걸어왔다. 정중하지만 딱딱하지 않았고, 편안했지만 무례하지 않았다. 그 목소리가 너무나도 부드러워 마치 어릴 적 잃어버린 누나를 만난 기분이었다. 한참 동안 근황을 이야기하고, 취업을 축하받다 보니, 나는 어느새 신용카드 번호를 그녀에게 읊고 있었다. 그리고 그녀가 친누나의 마음으로 추천한 보험은 내 것이 되어 있었다.

전화를 끊고 몇 시간이 지나서야 무언가 잘못되었다는 것을 깨달았다. 얼굴도 모르는 여성의 권유에 매달 수십만 원을 십수 년 동안 붓게 되다니. 나는 그 누나에게 다시 전화를 걸었다. 미안하지만 청약을 철회한다고 이야기했다. 그 따뜻했던 누나의 목소리가 단숨에 얼어붙었다. 어찌나 차가웠는지 내 휴대폰은 물론 내 고막까지 다 얼어붙었다.

두 번째 사건은 명백한 사기였다. 때는 대학생 시절, 어김없이 평화로웠던 인터넷 중고장터에서 이름 모를 판매자와 컴퓨터 부품을 거래하기로 했다. 그는 유난히 친절했다. 돈 없는 대학생이니 3만 원을 깎아주겠다며 선심까지 썼다. 전화번호와 계좌번호도 사기 이력이 없이 깨끗했기에, 별 의심하지 않고 돈을 부쳤다. 그리고 연락은 두절되었다.

갑자기 중고장터에 피해자들이 등장하기 시작했다. 피해 금액은 적게는 수십만 원, 많게는 수백만 원까지 한두 명이 아니었다. 피해자들이 함께 경찰에 고발했고, 약 3개월 후에 범인이 잡혔다며 경찰서에서 연락이 왔다. 나는 곧바로 경찰서로 달려가 그 사기꾼 놈의 멱살을 잡고는 "대학생에게 돈이 없는 줄은 알고, 주먹이 있는 줄은 몰랐냐!"라고 소리치며 얼굴을 후려쳤다……면 속이 후련했겠지만, 돈을 되돌려 받는 대가로 조용히 합의하고 나왔다. 그 와중에도 나중에 해코지를 당하면 어쩌나 하는 걱정이 들어서 그랬다.

옛말에 틀린 말 하나 없다더니, 세상에 믿을 놈 하나 없다. 친절할수록 의심해야 하는 것은 말할 것도 없다. 사기꾼들은 사람들의 심리를 이용한다. 약장수는 건강에 대한 노인의 희망을 이용하고, 투자 사기꾼은 돈에 대한 직장인의 욕망을 이용한다. 피싱 사기꾼이 이용했던 것은 아들에 대한 사랑이었다. 그놈은 오직 어머니에게만 피싱 메시지를 보냈다. 어머니에게 아들을 사칭하는 것이 가장 손쉽다는 것을 알고 있었던 것이다. 악질 중의 악질이다.

가짜 아들의 재촉에 마음 졸이며 서둘러 상품권을 구매했을 어머니의 모습을 상상하니 피가 거꾸로 솟아오른다. 마음 같아서는 영화 〈테이큰〉의 리암 니슨처럼 "Good Luck.(행운을 비네)"이라고 메시지를 보낸 후, 그들의 모든 해킹용 컴퓨터에 랜섬웨어를 깔아 버리고 싶다. 하지만 경찰도 그들을 찾지 못하는 판국이니 달리 방법이 없다. 99만 원의 상품권을 들고 사라진 가짜 아들 역시 나의 일부분이라고 여기고, 여기 남은 진짜 아들이 더 효도하는 수밖에.

37
가장 젊은 할머니
(아이슬란드 신혼여행기③)

세계에서 가장 정직한 나라가 있다면 아이슬란드가 아닐까. 아이슬란드(Iceland)에는 아이스(Ice)가 있다. 빙하가 있다는 말이다. 나라 이름이 정직해서인지 아이슬란드 사람들도 정직한 인상이다. 어제는 기념품 가게에서 정신이 팔려 가방을 놓고 나왔는데, 두 시간 후에나 헐레벌떡 뛰어갔더니 직원이 "아이슬란드에서는 아무것도 잃어버릴 수 없어."라며 가방을 내밀었다. 정말이지, 올곧은 사람들이라고 할 수 있다.

그뿐인가. 길도 올곧게 뻗었다. 올곧은 사람이 만들었으니 당연한 일이다. 네비게이션이 "126킬로미터 앞에서 좌회전"이라는 안내를 할 때는 그 올곧음에 감탄을 해 내 목까지 곧게 굳어버렸다. 126킬로미터를 달려 좌회전을 하고, 89킬로미터 후에 우회전을 하고, 다시 102킬로미터를 달려 도착한 곳은 빙하 트래킹의 집결지였다. 아이슬란드에 왔다면 아이스를 보는 것이 인지상정. 우리는 아이슬란드의 정직함을 몸소 체험하기 위해 빙하 트래킹 투어를 신청했던 것이다.

오전 열 시가 되자, 열 명의 빙하 탐사대가 모두 모였다. 국적과 연령은 제각각이었다. 그중에 눈에 띄는 이들이 있었으니, 칠순이족히 넘어 보이는 노부부였다. 황혼의 나이에 둘이서 여행을 온모습이 참 좋아 보였다. 하지만 한편으로 걱정도 됐다. 과연 무사히 이 모험을 마칠 수 있을까.

탐사대는 일렬로 산을 올랐다. 30분 정도 올랐을까, 놀랍게도거대한 얼음산이 등장했다. 산이 전부 얼음으로 덮여 있었다. 우리는 얼음계곡을 지나고, 투어 가이드가 깎아둔 얼음계단을 올랐다. 강철로 된 아이젠을 등산화에 장착했던지라 절대 미끄러질 일이 없었지만 다리에 힘이 잔뜩 들어갔다. 엉거주춤한 자세로 얼음위를 걷기는 생각보다 아슬아슬했다.

중턱에 올라 사진을 찍고 하산하던 도중, 결국 사건이 터지고말았다. 얼음 내리막길은 젊은 사람이 걷기도 힘겨웠는데, 노부부는 어련했겠는가. 할머니가 발을 헛디뎌 넘어졌고, 얼음 바닥에얼굴을 부딪치고 말았다. 눈두덩이에서는 빨간 피가 철철 흘렀고, 할머니는 울음을 터뜨렸다.

그때 내 눈에 들어온 것은 할아버지였다. 너무 놀라서였을까, 얼음이 겁나서였을까. 할아버지는 한 발자국도 떼지 못하고, 울고 있는 할머니를 가만히 보고 있을 뿐이었다. 마치 모르는 사람처럼.

투어 가이드가 응급조치를 시작했고, 할머니는 점점 안정을 찾았다. 그제야 할아버지는 조심스럽게 발을 옮겼다. 엉거주춤한 자세로 조심조심 걸어가는 모습이 영 불안했다. 아니나 다를까. 결국 미끄러져 엉덩방아를 찧고 말았다. 하지만 아랑곳하지 않고 그대로 할머니 곁으로 미끄러져 갔다. 그리고 할머니의 손을 꼭 잡았다.

할아버지가 쉽게 움직이지 못했던 것은 놀란 것도, 얼음이 겁나서도 아니었을 것이다. 아마 나이의 무게 때문이 아니었을까. 만약 젊었더라면 단숨에 달려가 아내의 상처를 살피고 어떤 조치든 했을 것이다. 하지만 이제는 너무 연약해져 버린 몸을 알고 있다. 가만히 있는 게 오히려 다친 아내를 돕는 것이라고 생각했을지도 모른다. 할아버지의 뒷모습에서 슬픔이 흘러 얼음 위를 축축하게 적셨다.

얼마나 지났을까. 무거운 공기에 어울리지 않는 웃음소리가 들렸다. 깜짝 놀라 살폈더니 노부부가 서로 마주 보며 깔깔 웃고 있었다. 할아버지의 뒷모습을 보며 청승을 떨었던 것이 머쓱해졌다.

괜찮으시냐는 주변의 걱정에 되레 "이야깃거리가 생겼으니 즐거운 일 아니겠느냐"라고 너스레를 부리는 할머니에게서 젊은이보다 강한 젊음이 느껴졌다.

열 명의 빙하 탐사대는 집결지로 무사히 복귀했다. 자연은 아름다웠지만, 그만큼 두려웠다. 수백 년의 세월을 견디며 자라온 웅장한 얼음산에 비하면, 인간이란 고작 몇십 년의 세월도 이기지 못하니 얼마나 나약한 존재인가. 쉽게 넘어지고, 쉽게 상처 나며, 또 쉽게 슬퍼한다.

이제 막 떠나려는데 뒤에서 거대한 목소리가 들렸다. 대원들은 일제히 뒤를 돌아보았다.

얼음산이 물었다. "인간이 무엇이라고 생각하는가."

내가 대답했다. "작고 나약한 미물입니다."

얼음산은 다시 물었다. "그 보잘것없다는 생(生)을 어떻게 살아야 하는가."

그 누구도 선뜻 답하지 못하던 순간, 우리의 '젊은' 대원이 말했다.

"세월에 굴하지 않을 것. 늘 젊을 것."

38
여행의 끝

누가 말했던가. 여행이 즐거운 것은 돌아올 고향이 있기 때문이라고. 내가 그랬다.(139쪽을 참고하시길) 신혼여행을 마치고 다시 출근할 때가 되자, 내가 이런 헛소리를 지껄였다는 것에 면목이 없다. 미안하다.

고향도 가고 싶을 때 가야 그리운 법이다. 마찬가지로 출근도 하고 싶을 때 해야 아쉬운 법이다. 하지만 출근이 아쉬울 리 없는 나는 매우 힘들어하고 있다. 그 고통은 아이슬란드에서 이미 시작돼, 노르웨이를 지나고 러시아를 건너 몽골 상공을 날아오면서 점점 고조되었고, 마침내 대한민국의 땅을 밟을 때는 졸도 직전까지 가고 말았다. 땅굴을 파고 탈옥했다가 결국 미국으로 압송된 세기의 마약왕 '엘 차포 구즈만'이 나의 마음을 이해할 수 있을까. 나는 대한민국을 사랑하지만, 그 순간만큼은 평생을 아이슬란드의 빙하만 씹어 먹고 살아야 한다고 해도 좋을 심정이었다.

기어코 출근 날은 오고야 말았다. 발이 떨어지지 않아 이러다 출근할 수 있을까 싶었는데, 정신을 차려보니 거짓말처럼 사무실에 앉아있었다. 내 다리가 먹고살기 위해 본능적으로 몸뚱이를 이끌고 온 것이리라. 회사 동료들은 2주 만에 등장한 나를 붙잡고는 신혼여행은 즐거웠냐, 아이슬란드에서 오로라는 보았느냐, 결혼식에 못 가서 미안하다, 온갖 이야기를 속사포처럼 늘어놓았다. 그로기 상태인 나를 코너에 몰아넣고 펀치를 날리는 무자비한 복싱 선수들 같았다. 그중에는 가벼운 잽도 있었지만, 나를 녹다운시켰던 카운터펀치는 이 것이었다. "조 대리, 결혼식에서 왜 울었어?"

누가 울었단 말인가. 본인의 결혼식에서 우는 한심한 남자가 세상 어디에 있냔 말이다. 여기 있다. 내가 울었다. 10년 전, 역시 본인의 결혼식에서 울었던 사촌 형을 놀렸던 게 생각나 면목이 없다. 미안하다.

아버지의 덕담을 듣던 내가 갑자기 훌쩍거리는 것을 보고, 하객들은 "사연 있는 사람처럼 왜 우냐"며 웅성거렸다고 한다. 굳이 변명해야 하는 것은 아니나 눈물의 이유를 이해하기 위해서는 나의 아버지에 대해 먼저 알아야 한다.

나의 아버지는 올해 나라로부터 지하철 경로 카드를 발급받은 '공식' 어르신이지만, 전화 통화 말미에 "아들, 사랑해"라는 말을 잊지 않는 감성 남이다. 내가 결혼계획을 이야기했을 때, 아버지는 그 누구보다 기뻐하시면서도 싱숭생숭한 마음에 밤잠을 설치셨다. 그런 아버지가 아들과 며느리에게 덕담을 선물하기 위해 연단에 섰을 때, 얼마나 많은 감정과 생각이 겹쳤을지 짐작이나 가는가.

아버지는 덕담을 적은 종이를 단상 위에 올려놓고는 손을 떨었다. 어찌나 바들거리며 떨리는지, 이러다 다리에 힘이 풀려 주저앉으시는 것은 아닌지 걱정이 될 정도였다. 그래도 얼굴만큼은 긴장을 감추고 덕담을 건넸다. 서로 표현해라. 꼭 행복해라. 이야기가 계속되어도 아버지의 떨리는 손은 멈출 줄 몰랐다. 그 공간 안에서 그 손을 볼 수 있는 사람은 오직 나와 신부뿐이었다. 그리고 손이 전하는 진심에 결국 눈물을 참지 못했다.

누가 그랬던가. 결혼하면 아버지를 알게 될 것이라고. 아무도 안 그랬다. 그냥 내가 지금 하는 얘기다. 웬일인지 감동을 자극하다가 막판에 역시 헛소리를 늘어놓아 면목이 없다. 미안하다.

하지만 정말로 그렇게 생각한다. 내가 취업하고 배운 많은 것 중에 가장 큰 것은 아버지였다. 직장인이었던 아버지도 나와 같은 것을 느꼈겠구나, 힘들었겠구나 하는 생각이 들어 한참 동안 감상에 빠지기도 했다. 이제는 남편으로서의 아버지를 느낄 때가 되었다. 언젠가 아이를 가지면 아버지로서의 아버지를 느끼게 될 것이다. 그때까지 나는 어떤 직장인이 되어야 할까. 그리고 어떤 남편이 되어야 할까.

직장인의 길을, 남편의 길을 먼저 걸었던 아버지로부터 배운다. 세계를 돌고 돌아도 결국 고향으로 돌아오듯, 인생을 돌고 돌아도 결국 아버지의 품으로 돌아간다. 고향도 가고 싶을 때 가야 그립다고 했지만, 고향은 언제까지고 고향이다. 그리고 아버지는 언제까지고 아버지다. 언젠가 가고 싶어도 갈 수 없고, 보고 싶어도 볼 수 없을 때가 오면 그 소중함을 알게 될 것이다. 너무 뻔히 알고 있지만, 잘 느낄 수 없는 그 소중함을 간직하기 위해 나는 아버지의 덕담을 가슴에 품는다.

서로 표현해라. 꼭 행복해라.

누군가의 해가 된다면

책이 마무리되는 시점인데, 어쩐지 화장실에서 뒤를 닦지 않고 나온듯한 찝찝함이 드는 것을 보니 무언가 해소되지 않은 모양이다. 책상에 앉아 그것이 무엇인지 가만히 생각하다가, 창으로 들어오는 햇살의 포근함을 이기지 못하고 잠에 빠지고 말았다.

배경은 어느 웅장한 궁궐이었다. 하늘은 보랏빛에 가까웠다. 나는 허름한 옷을 입고 어디론가 바삐 달려가고 있었다. 그리고 이내 어느 곳에 도착하였고, 숨을 고르고 문을 열었다. 문에는 네 글자가 적혀있었다. '본부장실'.

방 안에는 P 선배가 앉아있었다. 보아하니 선배를 노려보고 있는 사람이 본부장일 것이다. P 선배는 '본부 송년회 추진(안)'이라는 제목의 보고서를 내밀었고, 이내 보고를 시작했다.

"에……, 올 한 해는 저희 본부가 목표했던……"

말이 시작되기 무섭게 본부장은 들고 있는 펜을 내리치며 말을 끊었다. 마치 퀴즈가 시작되기 무섭게 버저를 누르는 퀴즈쇼의 도전자 같았다.

"저희 본부가 아니라 우리 본부지. P 차장, 문법 모르나?"

P 선배는 뒤통수를 긁으며 죄송하다고 말했다. 그리고 잠시 정적. 다시 보고를 시작했다.

"에……, 이번 만찬은 김 팀장님이 추천하신 장어집으로……."

다시 본부장은 펜으로 책상을 탕탕탕 쳤다. 마치 첫 번째 퀴즈에서 오답을 낸 도전자가 절박함에 버저를 연달아 두들기는 것 같았다.

"P 차장, 압존법 모르나? 김 팀장이 내 상사야?"

나는 '본부장님, 군대에서도 압존법은 폐지되었답니다.'라는 말이 목 끝까지 차올랐지만, 침을 꿀깍 삼켜 참았다. 선배는 그저 뒤통수를 긁을 뿐이었다.

본부장의 공격은 멈출 줄 몰랐다. 장어가 장인어른의 줄임말 같다며, 본인이 장인에게서 얼마나 핍박을 받았는지 이야기하기 시작했다. 황당한 나머지 나도 모르게 픕! 하고 웃음이 났다. 본부장은 도끼눈을 치켜뜨고 말했다.

"웃어?"

웃은 건 나였는데, 어찌 된 일인지 본부장의 눈빛은 선배를 향했다. 당황한 내가 어쩔 줄 모르고 있을 때, P 선배는 말했다.

"죄송합니다."

그리고 본부장실에는 보고서가 펄럭거리며 날아다녔다.

본부장실을 나온 P 선배는 나를 불러 세웠다. 실수를 했으니 한소리 듣겠구나 싶어 눈을 질끈 감고 선배의 앞에 섰다. 그런데 P 선배는 활짝 웃으며 말했다.

"와, 아까 진짜 웃기지 않았냐? 하하하."

방금 본부장실에서 가루가 되도록 혼나던 사람이라고는 믿을 수 없는 표정이었다. 그의 표정에서는 한 점 불쾌함이라고는 찾아볼 수 없었다. 그야말로 성인(聖人)이었다. 그 순간, 새하얀 빛이 P 선배를 감쌌다. 그리고 그는 하늘로 날아올랐다.

"조 대리, 나는 조 대리가 즐거운 직장생활을 했으면 좋겠어. 인생 뭐 있어? 재밌게 살아."

선배는 날아오르며 점점 더 밝게 빛났다.

"선배! 선배!" 선배를 애타게 부르며 잠에서 깼다. 어느덧 해가 중천에 떴다. 햇볕에 볼이 따뜻했다. 포근함을 느끼고 있자니, 밖으로 나가 산책을 하고 싶어졌다. 대충 모자를 눌러쓰고 슬리퍼를 신고 나갔다.

봄을 맞은 공원에는 파릇한 새싹들이 올라왔다. 다들 해의 부름에 응답해 기지개를 켜는 듯했다. 나도 마치 새싹이 된 듯 햇빛을 맞으며 크게 기지개를 켰다. 해가 세상의 곳곳에 생명력을 불어넣고 있었다. 나를 밖으로 끌어낸 것은 해였고, 새싹에 파릇함을 더하는 것도 해였다.

눈으로 해를 보고 싶었다. 하지 못할 것을 알면서도, 하늘을 향해 눈을 떴다. 눈이 부셨다. 제대로 눈을 뜨지 못하고 실루엣 정도 스쳐 바라볼 수 있었는데, 그 순간 해에 P 선배의 얼굴이 겹쳤다. 꿈속에서 하늘로 올라간 선배는 태양이 된 것일까? 선배의 햇볕은 포근했다. 덕분에 내 직장생활이 따뜻할 수 있었다. 문득 나도 해가 될 수 있을까 생각했다. 그럴 수만 있다면 나도 누군가의 직장생활을 따뜻하게 만들어 줄 수 있지 않을까. 간절히 그러고 싶다.

스펙타클 직장 생존기

대리만족

초판 발행 2019년 8월 1일

지은이 조성현
펴낸곳 글라이더 **펴낸이** 박정화
등록 2012년 3월 28일 (제2012-000066호)
주소 경기도 고양시 덕양구 화중로 130번길 14(아성프라자 601호)
전화 070)4685-5799 **팩스** 0303)0949-5799 **전자우편** gliderbooks@hanmail.net
블로그 http://gliderbook.blog.me/
ISBN 979-11-7041-003-4 (03800)

이 도서의 국립중앙도서관 출판예정도서목록(CIP)은 서지정보유통지원시스템
홈페이지(http://seoji.nl.go.kr)와 국가자료공동목록시스템(http://www.nl.go.kr/
kolisnet)에서 이용하실 수 있습니다.(CIP제어번호: CIP2019026235)